Leidenschaft im Briefkuvert

Für Marion und Carola
die eine für die Entdeckung der Leidenschaft im Briefkuvert;
und die andere für die Erweckung der Leidenschaft im wirklichen
Leben …

Manfred Schloßer

Leidenschaft im Briefkuvert

Roman

Bibliografische Information der Deutschen Nationalbibliothek
Die Deutsche Nationalbibliothek verzeichnet diese Publikation in der Deutschen
Nationalbibliografie; detaillierte bibliografische Daten sind im Internet über
http://dnb.d-nb.de abrufbar.

© 2013 Manfred Schloßer
Satz, Umschlaggestaltung, Herstellung und Verlag: BoD – Books on Demand
ISBN 978-3-8482-3785-2

Inhalt

Der Autor

Manfred Schloßer, geboren 1951 in Selm, aufgewachsen in Datteln, wohnte danach in Meschede und Dortmund und seit 1980 in Hagen. Zusammen mit seiner Ehefrau Petra und der gemeinsamen Katze Lilli haben sie es schön im dörflichen Hagen-Fley.

Anfang der 80er Jahre, während der Musikphase der ›Neuen Deutschen Welle‹, hieß es: ›Komm nach Hagen, werde Popstar …‹, als Nena und Extrabreit von Hagen aus die Welt eroberten. Zwar gründete der Autor mit Freunden dort die Musikgruppe Vogelfrei, wurde aber nie Popstar.

Dafür übte er allerlei andere Tätigkeiten aus – nach Ferienjobs als Holzplatz-Arbeiter auf‹m Pütt oder beim Silobau folgten die ›staatlichen Pflichtaufgaben‹ als fallschirmjagender Soldat und Zivildienstleistender.

In seinen drei erlernten Studiengängen – als Sozialwissenschaftler an der Bochumer Ruhr-Universität, Sozialarbeiter an der Hagener Fachhochschule und Sozialpädagoge an der Dortmunder FHS – machte er seine drei Diplome. Mit dreien ließ es sich auch viel besser jonglieren. Zur Belohnung durfte er sein Geld als Leiter eines Abenteuerspielplatzes, dann eines Jugend- und später eines Jugendinformationszentrums verdienen und danach bis heute in einer Betreuungs-Behörde arbeiten. Dort inzwischen als städtisches Auslauf-Modell von wegen der Altersteilzeit.

Und heuer 2013 -> mit ›Leidenschaft im Briefkuvert‹ der fünfte seiner Danny-Kowalski-Romane. Der Autor legte 2012 mit dem abgefahrenen Roman ›Der Junge, der eine Katze wurde …‹ den vierten Teil seiner Danny-Kowalski-Trilogie vor. In den vorherigen drei Romanen wurde bereits über das Reisen in ›Straßnroibas‹ (2007), über das Leben und die Liebe in ›Spätzünder, Spaßvögel & Sportskanonen‹ (2009) und über das Sterben und Leben lassen in seinem Ruhrgebiets-Krimi ›Keine Leiche, keine Kohle…‹ philosophiert…

Weitere Informationen im Internet: http://www.petmano.jimdo.com/

In eigener Sache: Alle Namen, Adressen, Telefon-Nummern und E-Mail-Adressen der genannten Personen habe ich frei erfunden.

Die im Roman vorkommenden Länder und Orte gibt es tatsächlich.

Prolog

Chaos im Kopf

Ausgangspunkt für diesen Roman war ein ›spätzündender‹ Pubertierender in den 1960er Jahren. Der hatte das daraus resultierende allseits bekannte ›Chaos im Kopf‹. Manche nannten es den Ausnahmezustand Pubertät. Und dann noch viel später im Leben, als sonst normal üblich, also als ›Spätzünder‹ in den 60ern.

Sein Name war Danny, Danny Kowalski. Der versuchte, ein wenig Ordnung in seinem Kopf, in seinen Gedanken und Gefühlen zu schaffen. Um das Chaos im Kopf zu klären, neigte Danny schon immer dazu, sich dieses große Durcheinander an Gedanken aufzuschreiben. Also quasi in Schriftform zu formulieren. Das half ihm, das Chaos im Kopf zu strukturieren.

Was lag da näher, als sein ›Chaos im Kopf‹ in seine ›Leidenschaft im Briefkuvert‹ zu kanalisieren?

›Kanalisieren‹: oh, was für ein großes Wort für einen Jungen aus Datteln, dem größten Kanal-Knotenpunkt Europas?

Danny zelebrierte seine Kanalisation, indem er Briefe schrieb. Er verband schlicht das Angenehme, sprich die Korrespondenz mit Mädels, mit dem Nützlichen, also klar im Kopf mittels der Erklärung seiner Gefühle zu werden.

Und heutzutage, 45 Jahre später, im Zeitalter von E-Mails, SMS und Twittern? Da erscheint das Briefeschreiben, also richtig einen Stift zur Hand zu nehmen, Schreibpapier hervorzukramen, seine Gedanken geordnet oder gar bei einem Liebesbrief in zärtlicher Leidenschaft aufs Papier zu bringen, alles in ein Kuvert zu falten, dieses zuzukleben, zu adressieren, zu frankieren und zum nächsten Briefkasten zu bringen: dieses alles erscheint wie ein vergessenes Handwerk aus dem letzten Jahrhundert, ein Relikt aus längst vergangener Zeit.

Und genau darum handelt es sich in diesem Roman. Er begleitet exemplarisch zwei Lebenslinien, die Dannys Weg in seiner Jugend gekreuzt hatten,

Ende der 60er/Anfang der 70er Jahre des vorigen Jahrhunderts: Winny, seine Brieffreundin aus Leipzig, und Nicole, seine erste Liebe aus Recklinghausen. Was wohl aus ihnen vier Jahrzehnte später geworden war, nachdem Danny sie völlig aus den Augen verloren hatte?

›Leidenschaft im Briefkuvert‹ zu seiner Jugendzeit – und jetzt …?

…und tatsächlich, Danny, der unerbittliche ›Terrier‹, Danny, der leidenschaftliche Detektiv, schnüffelte und suchte und fand sie wieder. Whow, what a hit, what a double-hit! Das wurde zu diesem Roman, der nicht nur Lebensschicksale aus zwei Jahrtausenden miteinander verbindet, sondern auch den Leser am Ende Dannys Tod miterleben lässt. Was für ein Finale, als Danny an seinem Ende über die Regenbogenbrücke geht …!?

Hauptpersonen

Danny Kowalski, ein Mann für alle Fälle

Gerry, BärBel, Götz und Marie Kowalski, seine Familie, die ihm auf die Sprünge half

Brigitte Schöller, seine heißeste Brieffreundin aus Leipzig, DDR

Erste zaghafte Schritte ins Land der Zärtlichkeiten versuchte Danny bei Babsi Malko, seiner Tanzpartnerin in der Tanzschule 1968; Gina Engels, Waltroper Friseuse und sein erster Zungenkuss; mit Ann, der langhaarigen Blonden aus Leeds, hatte er sein erstes Petting; Thea Lohövel, seine Klassenkameradin, blieb ein für ihn unerreichbarer Schwarm und Rebecca Frank besorgte ihm seinen ersten Ohrenkuss

In den 70er Jahren reiste Danny durch die Weltgeschichte und besuchte dabei drei seiner Brieffreundinnen: die brünette Engländerin Suzanne Moses in London; die blonde Dänin Inger-Lise Hansen aus Vandel bei Veilje in Jütland; und dann war da noch die rassige schwarzhaarige Perserin Charlotte Bagheri aus Teheran

Nicole Lieberberg, seine erste Liebe in Recklinghausen: unsterblich
Lulu Tempel, mit ihr hatte er zum ersten Mal richtigen Sex: unvergessen
Paula Störringhaus verführte ihn zu seinem ersten Ehebruch: unglaublich
Jytte Hansen, seine dänische Freundin, schwieg viel
Valentine Kravet, seine Freundin aus Bonn, schrieb viel
Harry, Carlos und Laufi, seine Hippie-Freunde aus den 70er Jahren, lachten viel
Mitten im Leben, in den 80er Jahren, fand Danny in Kirsten Kramer eine Freundin und in June eine imaginäre Traumfrau: ein Hauch, ein Traum und schon vorbei
Moni, seine Ehefrau und vorher langjährige Lebenspartnerin, steht auch heute zu ihm

Leidenschaft im Briefkuvert

Sublimierungs-Maschinerie

In den 1960er Jahren geschah Danny das, was allen Menschen passiert: der Übergang vom Kindsein zur Jugend. Noch nicht zum Manne, das kam erst ein Jahrzehnt später. Aber die Entwicklung zum Jugendlichen mit all seinen Entdeckungen am eigenen Körper, in der Seele und in der Phantasie, das Ausprobieren neuer Wege, neuer Erkenntnisse, Gedanken und Gefühle: das führte zu eklatanten Verunsicherungen. Nicht nur bei Danny, sondern auch bei allen anderen pubertierenden jungen Halbstarken, wie es damals hieß. ›Man‹ sprach kaum darüber, da es den jungen Menschen als allein-individuelles Schicksal erschien. Und schon gar nicht gegenüber weiblichen Wesen. Ratschläge von Älteren, Erwachsenen oder gar Eltern wurden erst recht nicht angenommen. So kam es dann auch bei Danny während der 60er Jahre zu allerlei sportlichen Aktivitäten, einerseits auf Grund seines Bewegungsdranges, und andererseits mit Dauer-Sublimierung. Und dann kam verspätet und langsam, aber unaufhaltsam seine Entdeckung des weiblichen Wesens.

Es gab ja sogar auch welche, die wurden damals durch Training ›Sportskanonen‹. Nach einem Tag Mitte der 60er Jahre auf dem schwarzen Aschenfußballplatz des DJK Eintracht Datteln am Südring wurde abends in Dannys Clique in diversen Dattelner Kneipen weiter gekickt, bis die Handgelenke krachten. Aber alle diese Aktivitäten fanden nur mit männlichen Kumpels statt. Frauen oder Mädchen waren nie dabei, kamen höchstens in Gesprächen oder privaten Träumen vor: SUBLIMIERUNG hoch Drei! War das als 14 – 16-jähriger etwa normal in diesem Alter? Ja, was ist denn eigentlich diese Sublimierung (von lat. sublimis, hoch in der Luft befindlich, schwebend)? Aha, etwas wird auf eine höhere Stufe gebracht, sozusagen durch einen Veredelungsprozess. Siegmund Freud verstand unter Sublimierung eine Umwandlung oder Umlenkung von Triebwünschen in eine geistige Leistung oder kulturell anerkannte Verhaltensweise. Sie gehöre damit zu den Abwehrmechanismen des Ichs. Nach psychoanalytischer Deutung ist sogar die Entstehung der gesamten menschlichen Kultur das Ergebnis von Sublimierung. Insbesondere in der künstlerischen Tätigkeit und im wissenschaftlichen Forschertum sah Freud eine Überführung niederer Triebregungen in höhere Bereiche. Da hatte Danny ja mit seiner Sublimierungs-Methode noch richtig Glück gehabt. Er hätte ja auch wie der eine oder andere auf den religiösen Zug aufspringen können und Messdiener oder fanatischer Jünger einer Sekte werden können.

Es gab da auch Eigenbrötler mit merkwürdigen Hobbys, wovon Briefmarken- oder Münz-Sammeln noch eine recht weit verbreitete und wenig skurrile Leidenschaft war. Aber was heutige ›Nerds‹ sind, das gab es in bizarrster Form sicherlich auch schon in den 1960er Jahren. So war auch die Zimmerdekoration in Dannys Zimmer ein Spiegel seiner jeweiligen Interessen. Seine Zimmerwände der 60er Jahre zierten in der großen Zeit seiner Fußballbegeisterung von 1964 – 1967 verschiedene Fußballbilder, allen voran der lebensgroße Wolfgang Overath-Kicker-Starschnitt vom 1.FC Köln. Das änderte sich allerdings von der Tanzschule an und dem dazugehörigen Interesse für Mädchen und Musik: da hingen von 1967 – 1970 auf einmal Poster von Beat-Gruppen, Pop-Stars bis hin zu seiner damaligen Lieblings-Schlagersängerin Wencke Myhrre im Flower-Power-Minikleidchen an Dannys Wand. Erst hing die hübsche Norwegerin Wencke im engen figurbetonten und kurvenreichen Mini in seinem Zimmer als Plakat über seinem Bett. Dann ließen ihn Ende der 60er Jahre ein wachsendes Interesse und die ungeheure Attraktivität der Mädels, zuzüglich der eigenen sprießenden Säfte, endlich zur Entdeckung der Zärtlichkeit kommen. Damals war sein bevorzugter Mädchentyp der mit dunklen, langen, glatten, naturbelassenen Haaren, wie die israelische Sängerin Esther Ofarim. Dagegen sang der französische Sänger Antoine ja sehr treffend:

»Die blonden Mädchen sind schön,
die blonden Mädchen sind schön,
das ist kein Grund,
die andren gar nicht zu sehn …!«

Fand Danny allerdings auch, dass die andren Mädchen ebenso ganz schön waren, wenn natürlich die zierliche schlanke France Gall mit dem kurzen Mini und den langen blonden Haaren die Jungs damals verrückt machte.

Heutzutage hat fast jedes Kind einen PC, und das Chatten im Internet zur Partnersuche ist eine gängige virtuelle Balzmethode geworden. Aber Ende der 60er Jahre, da hatten nur wenige Eingeweihte einen Computer. Damals mussten die Jungens noch selber ran an die ›Perlen‹ gehen, und sich den einen oder anderen Korb abholen. Der Schüchterne versuchte es dann gleich mit Brieffreundschaften … Von daher war France Gall‹s Vorschlag, sich den richtigen Boy per Computer zu suchen, eine recht zukunftsträchtige Idee! 1969 setzte der erste Mensch seinen Fuß auf den Mond, man glaubte an die Zukunft und das, was sie Gutes bringen würde. Dazu besang France Gall passend den ›Computer Nr. 3‹, der sucht für mich den richtigen Boy …:

>»*Ein bisschen Goethe, ein bisschen Bonaparte,*
>*so soll er aus sehn, der Mann, auf den ich warte,*
>*ein bisschen Geist, ein bisschen Mut,*
>*an meiner grünen Seite, ja, das wäre gut…!*
>*Der Computer Numero Drei,*
>*ja, der sucht für mich den richtigen Boy…!*«

Das hatte Danny und seine Schwester BärBel dermaßen beeindruckt, dass sie damals diesen Hit selber aufnahmen, auf seinem kleinen Kassettenrekorder, den er sich von seinem durch Ferienarbeit auf dem Holzplatz des Pütts verdienten Geld gekauft hatte. Das war so ein kleines Ding, aber trotzdem war alles drin: ein Fach für die Kassette, ein Lautsprecher, ein Verstärker, und der Clou von dem ganzen Apparat: ein kleines eingebautes Mikrophon. So setzen sich die beiden davor, die sie eine Mischung aus Cindy & Bert einerseits und Bonny & Clyde andererseits waren, und sangen dann: »*Der Computer Numero Drei, der sucht für mich den richtigen Boy…!*« Ja, so war das damals mit den Geschwistern Kowalski. Haben sie dann aufgenommen, das super Tape. Aber weggeschickt zur Schlagerparade haben sie das glücklicherweise nicht, war ja auch nur schräg.

Aber erst durch die Tanzschule und Schmusehits der Bee Gees wie ›Massachusetts‹ kam es bei Danny zu ersten engeren Berührungen mit Mädchen, den zarten und unbekannten Wesen. Das war 1967/68 während der Tanzschule in Oer-Erkenschwick. Dannys Abschlussklasse der Christoph-Stöver-Realschule war eine reine Jungenklasse. Dazu gab es die Parallel-Abschlussklasse, eine reine Mädchenklasse. Die Jungens trafen also erstmals direkt auf zartere Wesen bei dieser Tanzschule, was als eine ziemlich bizarre Vorstellung für heutige Verhältnisse erscheint. Für den Abschlussball musste jeder sich eine Partnerin suchen. Dannys Schlussballpartnerin wurde schließlich Babsi Malko aus Recklinghausen. Sie wurde ›Twiggy‹ genannt, nach einem spindeldürren englischem Modell Ende der 1960er Jahre, da noch ohne nennenswerte Busenentwicklung, weshalb sie für die anderen Jungens uninteressant erschien. Dazu lispelte sie auch noch leicht. Aber Danny fand sie süß, und sie akzeptierte ihn als Tanzpartner. Das war doch schon mal ein riesiger Erfolg für Danny, dem Schüchterling. Denn die anderen Mädchen waren überwiegend mittelmäßig bis schrecklich anzusehen. Sie waren entweder zu groß für ihn kleinen Pimpf oder zu dick für Hänfling Danny. Aber Babsi passte sehr gut zu ihm. Und aus ihr wurde ja noch ne super Frau, wie Danny ein Vierteljahrhundert später beim Klassentreffen feststellen konnte. Babsi hatte eine tolle Figur, war inzwischen eine verheiratete zweifache Mutter geworden und war immer noch lustig und humorvoll. »Die tollste junge Mutter, die ich je live gesehen habe«, dachte sich der sichtlich erfreute Danny über seine Abschlussball-Partnerin von 1968. Und auch aus ihm war ja 25 Jahre nach dem 68er Abschlussball ein charmanter weltoffener Mann geworden, der beim Klassentreffen von der anwesenden Damenwelt umschwärmt wurde. »Da kannste ma sehen«, räsonierte Danny für sich, »aus den Alpha-Tieren von damals wurden eher selten Führungspersönlichkeiten. Da konnte auch schon mal der eine oder andere in die Gosse abrutschen. Aber aus den schmächtigen Jüngelchen von damals, da wurde was. Also aufgepasst, junge Burschen und Maiden von heut: falls ihr mit eurem Body nicht zufrieden seid und ihr deshalb muchas Probleme habt, das kann sich ja im Laufe eures Lebens noch ziemlich ändern, gelle …!?«

Aber das wusste Danny Ende der 60er Jahre natürlich alles noch gar nicht. Denn er blieb damals ziemlich schüchtern und tobte sich dann lieber durch sein neues Hobby ›Brieffreundinnen in aller Welt‹ in seiner Phantasie aus. Statt wirkliche Liebes- oder gar Sex-Aktivitäten zu erleben, wurde in ihm aber umso mehr die sehnsuchtsvolle Entdeckung der Zärtlichkeit geweckt, und zwar über die Sublimierungs-Maschinerie des charmanten und Komplimente verteilendem Brief-Schreibens an Mädels in aller Welt: die Leidenschaft im Briefkuvert.

Und dann gar erst zum 18. Geburtstag der erste Zungenkuss, dass er die arme Friseuse Gina Engels beim Knutschen gar nicht mehr aus den Umarmungen lassen wollte, so sehr hat ihm das aufgestaute Verlangen gefallen: ja, ja, seine Jugend hat spät begonnen. Aber wie kam das denn überhaupt zu Stande mit Dannys ersten Zungenkuss, wo er doch so unsäglich schüchtern war? Klassenkamerad Charly schleppte ›Perlen‹ an, wo auch Gina dazu gehörte. Entweder war sie wegen Dannys Geburtstags gezielt auf ihn angesetzt worden, da sie auch von der Größe zu ihm passte. Sie war nämlich etwas kleiner als der eh schon kleine Pimpf Danny, der auch später nie größer als 171 cm wurde. Oder aber es ›funkte‹ tatsächlich bei den beiden. Jedenfalls kamen sie sich näher und knutschten sich dann die Zunge aus dem Leib. Da startete ein heftiges Suchen, Kreisen und Saugen mit Dannys Zunge im Gaumen der Friseuse. Solch leidenschaftliche Zungenküsse lösten in Dannys Körper ein regelrechtes Feuerwerk aus. Jedenfalls war er von der überraschenden Knutscherei so hin und weg, packte hier, packte da an die brünette dralle Friseuse dran, dass er für seine anderen Geburtstagsgäste kein Auge mehr übrig hatte. Dieses einschneidende Erlebnis der Erweckung seiner erogenen Zonen brachte natürlich Dannys Phantasie noch mehr zum Tanzen: jetzt hatte er Ziele vor Augen. Er hatte das ›pralle Leben‹ schon erlebt. Er wusste, was er wollte. Die Entdeckung der Zärtlichkeit beflügelte seinen Schreibstil während der ›Leidenschaft im Briefkuvert‹ um so mehr.

Pen-Club ›Penny Lane‹

In jener Zeit Ende der 1960er Jahre hatte Danny Kowalski zu seinem großen Bedauern leider noch gar nix mit Mädels am laufen. Zwar schwärmte er 1969 und 1970 während seiner ersten Jahre auf dem Aufbaugymnasium in Recklinghausen für die kleine hübsche brünette Mitschülerin Thea Lohövel aus Dorsten, aber es blieb bei einer Schwärmerei. Diese entstand in jener Zeit, als seine Klasse zwei Skiurlaube im Kleinwalsertal machte. Durch die Enge und dichte Atmosphäre einer einfachen Skihütte über jeweils zwei Wochen lang hatte sich eine noch intensivere Schwärmerei für dieses Mädchen entwickelt. Aber keine Chance für Danny, der ja damals noch ein schüchternes Jüngelchen war. Da gab es andere Kaliber in der Klasse oder der Parallelklasse, die für Thea sicherlich interessanter waren. In einem dieser Kleinwalsertaler Nächte hatte ihr Klassensprecher Herbie unterwegs eine Französin aufgegabelt, mit der er rum machte. Die hatte so einen niedlichen Akzent. Das imponierte Danny sehr. So beschloss er spontan, dass für ihn in der Zukunft auch nur eine Ausländerin als Freundin in Frage käme – eine wie diese süße Französin Colette oder eine Engländerin. Kein Wunder also, dass er seine internationale Brieffreundschafts-Karriere durchstartete. Denn sein Interesse am anderen Geschlecht blieb groß. Also sublimierte er – mangels direkter Kontakte – exzessiv durch weibliche Brieffreundschaften in aller Welt.

Und wie schaffte es Danny überhaupt, an Brieffreundinnen ran zu kommen? Klar, dafür bedurfte es ja irgendwelcher Annoncen. Er musste also erst mal da dran kommen. Möglich machte das die Mitgliedschaft in einem Club für Brieffreundschaften. Ja, und wie schaffte er das? Das kam so: Danny kaufte sich hin und wieder die BRAVO, um auf den neuesten Stand in Sachen Pop-Musik und Beat-Gruppen zu kommen. Die BRAVO war in den 60er Jahren die angesagte Zeitschrift für junge Menschen. Allerdings für die normalen Teenies wie Danny, denn die alternativen rebellischen Jugendlichen lasen da schon eher den Musik-Express. Na, Danny jedenfalls kaufte sich die BRAVO, wo alle die bunten Poster von den Bee Gees, Beatles, Rolling Stones, Monkeys und Dave Dee, Dozy, Beaky, Mick & Tich zu sehen waren. Die Fotos schnitt er sich aus, um sie an seine Zimmerwand zu heften. Und in solch einem BRAVO-Heft fand Danny hinten bei Vermischtes die Adresse des Pen-Club ›Penny Lane‹. ›Pen‹ ist ja englisch und heißt eigentlich ›Stift‹, aber in diesem Zusammenhang bedeutet es ›Brieffreundschaft‹. Und dann auch noch der sympathische Name einer Beatles-Single, die Danny gerade total gerne hörte: »Penny Lane… … is in my ears…!« Na super, dann passte ja alles. Also schrieb er die ›Penny Lane‹ an. Sie antworteten, und er wurde Mitglied in diesem Club. Der Pen-Club schickte ihm per Post einen Katalog mit Namen, Adressen und Fotos, woraus er sich aufs Üppigste bedienen konnte, um an Brieffreundinnen in den verschiedensten Ländern ranzukommen. Er hatte nun also ein kleines DIN-A-5 Heft mit jeder Menge Fotos von Mädels und Jungens und deren Adressen.

Auf dem Titelcover dieses Romans sieht man mal, wie so eine Seite des Penny Lane-Heftes für internationale Brieffreundschaften gestaltet war. Na ja, auf jeden Fall stand unserem Danny plötzlich eine schier unerschöpfliche Auswahl an Brieffreundschaften offen: whow…!!!

Denen, die ihn am meisten ansprachen, sandte er jeweils ein Foto von sich mit einem Brief mit möglichst flotten Sprüchen zu – entweder in Englisch oder Deutsch – und hoffte auf Antwort. Manchmal kam überhaupt keine Reaktion, manchmal entwickelte sich eine jahrelange Brieffreundschaft, die sogar in drei Fällen zu Besuchen der ausländischen Mädels führte: im Sommer 1970 traf er ein paar Mal Suzanne Moses in London, im Herbst 1971 war es Inger-Lise Hansen im dänischen Vandel bei Veilje, und 1974 besuchte Danny seine iranischen Brieffreundin Charlotte Bagheri in Teheran.

Von seinen vielen Pen-Friends waren die meisten weibliche skandinavische Brieffreundinnen, wie Jytte Windahl aus Hvalstad in Norwegen, die Danny sehr mochte, diese flotte dunkelhaarige Norwegerin. Oder auch Anne-Catherine Foss aus Eskilstuna in Schweden, eine typische Schwedin mit langen hellblonden Haaren, mit der Danny sich lange und intensiv in Englisch schrieb.

Ganz anders dagegen Inger-Lise Hansen aus Veilje in Dänemark. Diese junge hellblonde Dänin besuchte Danny sogar dreimal in echt, und zwar 1971, 1972 und 1973. Von den anderen dänischen Brieffreundinnen blieb nichts als ihre Adressen in seinem Notizbuch zur steten Erinnerung.

Anders war es mit Jonna Seemann aus Ringsted, die es ihm als allererstes angetan hatte. Diese überraschend dunkelhaarige Dänin mit dem wissenden Blick wollte er am liebsten gleich im Sommer mit seinem weißen Vespa-Roller auf der dänischen Hauptinsel Seeland besuchen. Er hatte sich sogar schon eine Reiseroute ausgedacht, wie er zu ihr fahren könnte. Deshalb sandte er ihr bereits schon im ersten Brief ein Foto von sich und seiner Vespa 50 SS. Das führte aber leider nicht zur überwältigenden Begeisterung der Dänin, sondern eher dazu, dass sie ihm erst gar nicht zurück schrieb. Das war's dann wohl mit dieser Jonna? Ähnlich ging es ihm mit Eva Pluzek aus Munkebo auf der Insel Fünen in Dänemark, die ihn zwar wegen des interessanten Namens ansprach, die aber auch nie antwortete.

Danny hatte durch seine zahlreichen Brieffreundschaften mit Mädchen aus aller Welt ein kleines bisschen frisch entwickeltes Selbstbewusstsein erlangt. Das zeigte sich bei einer Klassenfete, gleiche Schule, gleiche Klasse, als ihn Ende der 1960er Jahre ein ungeheures Erlebnis ereilte. Eine andere Klassenkameradin von ihm hieß Hannah Frank und kam aus Oer-Erkenschwick, und sie hatte eine jüngere Schwester namens Rebecca. Die konnte Danny richtig gut leiden. Vielleicht mochte sie seinen Humor oder gar seinen ungestüm-wilden Tanzstil zur Underground-Musik? Es war so in etwa die Zeit von Jimmy Hendrix‹ ›Crosstown Traffic‹ und Cream‹s ›White Room‹. Jedenfalls ging diese hübsche dunkelrothaarige Rebecca mit Danny nach einem leidenschaftlichen Tanzauftritt erhitzt nach draußen. Die beiden verkrümelten sich hinter dem Schulgebäude in ihren ganz privaten Clinch. Sie knutschen und befummelten sich heftig. Plötzlich erlebte Danny ein neues Gefühl, seinen ersten Ohrenkuss. Eine heiße und nasse Zungenspitze schlängelte sich wie eine vorwitzige kleine Ringelnatter in seine linke Ohrmuschel. Erst war er etwas irritiert, da er so was weder selber kannte noch je davon gehört hatte. Aber dann machte es totalen Spaß, weil es wohl in der Ohrmuschel erogene Zonen geben musste, die ihm aufs Angenehmste gereizt worden waren. Leider wurde es damals nix mit den beiden, weil Rebecca wohl noch irgendwo einen Freund zu Hause in Erkenschwick hatte.

Und dann besuchte er doch tatsächlich 1970 bei seiner ersten Trampreise das langhaarige Hippie-Mädchen in England, Suzanne Moses aus London. Sie war die allererste seiner Brieffreundinnen, die er in echt kennen lernte.

Ganz anders erging es ihm da allerdings mit Brigitte Schöller aus Leipzig in der DDR. Sie war für Danny ›Winny, das Hexchen‹, seine leidenschaftlichste Brief-Korrespondenz, die fast zu einem Besuch in Leipzig geführt hätte.

Mit Helene Vollmer aus Timisara in Rumänien schrieb sich Danny lange und intensiv in deutsch. Denn Timisara liegt in Transsylvanien, zu deutsch: Siebenbürgen, wo viele Deutschstämmige wohnten. Helene gefiel ihm sehr.

Danny sammelte Briefkontakte, wie man heutzutage Freundschaften bei Facebook sammelt. Damals hatte Danny ganz schön viel Geld fürs Porto in alle Welt ausgegeben. Zumindest bei einer außer-europäischen Pen-Freundin hatte es sich immerhin gelohnt, Charlotte Bagheri aus Teheran im Iran. Sie würde Danny einige Jahre später nach einer langen Reise durch den vorderen Orient besuchen.

Aber da ja Danny in diesem prospektartigen Heft des Pen-Clubs mit Namen, Adresse und Foto von sich selber auftauchte, bekam er umgekehrt auch Briefe, und nicht nur von schreiblustigen jungen Damen, sondern auch von ein paar Männern aus verschiedensten Ländern. Allerdings war da keine längere Korrespondenz dabei. Und erst recht natürlich keine leidenschaftliche Brieffreundschaft, wie sie Danny mit seinem ›Winny, dem Hexchen‹ aus Leipzig hatte.

Auf die männlichen Brieffreunde aus Ungarn, Frankreich, Polen und den Niederlanden konnte Danny eigentlich gut verzichten. Sie schrieben ihm einmal und nicht wieder. Denn Danny antwortete ihnen nicht, da er sich seiner Natur gemäß nur für Mädels interessierte. Mit denen konnte er seiner ›Leidenschaft im Briefkuvert‹ frönen, wenn es denn postalisch gefunkt hatte.

Winny, das sächsische Hexchen

Es war so etwa 1968: ja, Ende der 1960er Jahre hatte Danny jede Menge Brieffreundinnen in aller Welt. Er schrieb gerne und gut, dabei war er nie schüchtern. So trudelten jahrelang Briefe aus vielen Ländern und Kontinenten bei ihm in der heimatlichen Dattel(n)-Oase im Schürenheck ein …! Was hatte er für großartige Briefromanzen …!?!: beim Schreiben war er schon immer charmant, da brauchte er der Angebeteten ja auch nicht direkt vor die Augen zu treten.

Bester Beweis war eine gewisse Brigitte Schöller aus Leipzig, oder auch ›Winny, das Hexchen‹, wie sie sich nannte. Sie bezauberte Danny schon recht rasch durch ihre offene, direkte und erfrischende Art, sich in ihren Briefen an ihn auszudrücken. Und als er dann ihr aktuelles Foto bekam, wurde Winny für Danny der Traum seiner schlaflosen Nächte: eine jung gewordene Marlene Dietrich, eine dunkelblonde Schönheit mit hohen Wangenknochen, ebenmäßig geformten Gesicht und glühend dunklen Augen, die Frisur zu einem eleganten leicht gewellten Seitenscheitel hochtoupiert

Datteln, den 28. Dezember 1968
Liebe Brigitte,
heute habe ich Dein Foto in meinem Katalog von unserem gemeinsamen Brieffreundschafts-Club ›Penny Lane‹ gesehen. Ich war sofort hin und weg von Dir. Du strahlst so eine natürliche Lebensfreude aus, dass ich mich glatt in Dich verlieben könnte. Welch eine Freude, Dein Foto zu betrachten. Heute sende ich Dir hier in meinem Brief auch gleich mal ein Foto von mir nach Leipzig, damit Du auch ein Bildnis von mir vor Augen hast. Was sind denn eigentlich so Deine Hobbys und Leidenschaften? Ich selber mache viel Sport, bin zum Beispiel aktiver Wettkampfsportler in einem Schwimmverein. Ansonsten lese

ich viele Bücher. Dann höre ich natürlich auch sehr gerne Beat-Musik und tanze dazu auch öfters.

Jetzt erwarte ich mit großem Herzklopfen Deine baldige Antwort.

In herzlicher Sympathie
von Danny

Da ließ sich Brigitte, die junge Leipzigerin, nicht lange bitten und schrieb rasch zurück:

Leipzig, den 13. Januar 1969

Lieber Danny,

ich bin ja echt begeistert. So einen schönen Brief wie den jetzt von Dir habe ich noch nie in meinem Leben bekommen. Und auch Dein Foto gefällt mir sehr. Was hast Du denn da eigentlich in Deinen Händen?

Und wir haben so viele Gemeinsamkeiten: ich bin auch Leistungs-Schwimmerin. Wir haben hier in Leipzig so ein Schwimm-Leistungszentrum, wo die besten Schwimmerinnen aus der ganzen DDR zusammengezogen werden, um für spätere Wettkämpfe gefördert zu werden. Dazu gehöre ich auch. Aber ich lese auch gerne. Und tanzen tue ich für mein Leben gerne, am liebsten natürlich zur modernen Beat-Musik

Es umarmt Dich ganz lieb Brigitte aus Leipzig,
oder, wie mich meine Freundinnen nennen
Winny, das Hexchen

Sie hatten beide schnell erkannt, dass sie viele Gemeinsamkeiten hatten. Sie waren beide jung, und sie wollten beide raus aus ihrer beengten Welt …!

Sie schrieben gerne viel; und sie schwammen gerne schnell. Denn beide waren sie aktive Wettkampfschwimmer. Und passender Weise war die Spezial-Disziplin von beiden Rücken- und Kraul-Schwimmen. Wobei man davon ausgehen konnte, dass Brigitte in ihrem Schwimm-Leistungs-Zentrum in Leipzig damals mit ihren Schwimm-Freundinnen sicherlich zu den besagten DDR-Zeiten die angesagteren Schwimm-Koryphäen waren, als es Danny als Dattelner ›Local Schwimm-Hero‹ jemals hätte sein können. Dafür lief dann aber auch Danny zu einer erstaunlichen Hochform an Charme auf. Bald entwickelte sich zwischen ihnen eine ausgeprägte ›Leidenschaft im Briefkuvert‹. Es hagelte feurige Liebesbriefe.

Datteln, den 23. Januar 1969

Liebe Winny, mein Hexchen,
ich bin so glücklich, dass wir uns überhaupt in unserem Brieffreundschafts-Club ›Penny Lane‹ begegnet sind. Denn ohne diesen Club wüsste ich gar nicht, dass es Dich gibt. Und jetzt kann ich vor Aufregung gar nicht mehr schlafen. Denn ich glaube, ich bin ein bisschen verliebt in Dich. Ich hoffe, Du bist mir nicht böse, dass ich Dir so etwas Intimes eröffne …!? Du hast meine Lebensfreude ins Unendliche torpediert, sodass ich mich hoffnungslos in Dich verliebt habe. Sozusagen ›Liebe auf den ersten Brief …!‹, wenn es denn so was überhaupt gibt …? Immer wieder schaue ich mir Dein Foto an und bin ganz verzückt von Dir …! Und dass Dir das Foto von mir auch gefällt, ist ja wunderbar …! Und dann haben wir ja auch noch so viele gemeinsame Hobbys und Leidenschaften: Du magst auch Sport, bist aktiv im Schwimmverein, liest gerne Bücher, hörst Beat-Musik und tanzt dazu. Wenn wir uns jetzt hier bei mir in Datteln oder bei Dir in Leipzig getroffen hätten, wären wir bestimmt schon dicke Freunde …!?
Auf jeden Fall erwarte ich mit großer Freude Deine baldige Antwort.
Es umarmt und küsst Dich ganz vorsichtig und zärtlich
Dein Danny

Auf die Antwort von Brigitte, genannt Winny, das Hexchen, brauchte Danny wirklich nicht lange zu warten. Denn sie schien genauso enthusiastisch in ihn verliebt zu sein, wie er ihn sie …!?

Leipzig, den 7. Februar 1969

Mein lieber Danny,
Du bist ja so süß …! Ich bin völlig aus dem Häuschen. Wie Du schreibst? So schön! Und ich mag Dich auch! So sehr! Es wird für Dich wirklich keine große Überraschung sein..!: denn ich muss gestehen. Ich bin auch in Dich verliebt. Als ich heute Deinen Brief bekommen habe, da schossen mir Tränen des Glücks in die Augen. Dann schaue ich mir auch immer wieder das Foto von Dir an und

küsse es. Ich brauch bald ein Neues von Dir. Deins ist schon fast ganz durch ge-
küsst. Aber am liebsten möchte ich meine Lippen auf Deine drücken, ganz lange,
zärtlich und inniglich.
   Es herzt und küsst Dich voller Sehnsucht
   Deine Winny, das Hexchen

Da ließ sich Danny nicht zweimal bitten. Er ließ von seinem Freund Bodo eine Vergrößerung seines neuen tollen Fotos mit Che Guevara machen, kaufte von seinem Taschengeld in einem Fotogeschäft einen Glasrahmen, spannte das Foto darin ein und schickte es gut eingepackt mit einem glühenden Liebesbrief versehen nach Leipzig.

                                        Datteln, den 21. Februar 1969
Geliebte Winny, mein Hexchen,
ich bin überglücklich, dass wir uns in einander verliebt haben. Ich liebe Dich – I
love you! Heute bekommst Du nicht nur einen Brief, sondern auch gleich noch
ein Geschenk für Dich als Zeichen meiner Liebe mit dazu…! Das Foto unter dem
Che Guevara-Plakat hat mein Schulfreund Bodo aufgenommen und auch für
Dich vergrößert. Es ist wirklich gut gelungen und das schicke ich Dir als Zeichen
meiner Zuneigung und tiefer Verehrung, sozusagen als Zeichen meiner ›Liebe‹
zu Dir. Ich bin ja auch immer noch ganz verrückt nach Dir, wenn ich Dein Foto
anschaue. Vielleicht geht es Dir dann ja auch so mit meinem Foto? Auf jeden Fall
hoffe ich, dass es Dir gefällt …? Das wäre wunderschön …! Auf jeden Fall bin ich
schon ganz aufgeregt und kann Deine Antwort kaum abwarten.
   Ich umarme und küsse Dich ganz wild und leidenschaftlich
   Dein geliebter Danny

P.s.: Ich vergaß, Dir letztens Deine Frage nach dem ersten Foto zu beantworten.
Auf diesem Foto bei uns in Datteln im Garten halte ich unsere beiden Landschild-
kröten Witzi und Flitzi in den Händen.

Ja, da ging es dann damals zwischen Datteln und Leipzig Schlag auf Schlag hin und her. Erst schicke Danny seiner geliebten Winny ein Foto im Glasrah-men nach Leipzig, und bald bekam er eine noch größere Überraschung als Antwort zurück:

Lieber Danny,
das war ja wirklich eine tolle Überraschung! Denn heute habe ich Deinen Brief
bekommen, mit dem tollen Foto von Dir. Du unter dem Plakat von Che Guevara.
Du siehst ja sehr interessant darauf an. Ich habe mich sehr darüber gefreut. Wenn
auch der Glasrahmen leider kaputt gegangen ist. Es
lagen lauter Scherben mit in dem Brief-Päckchen.
Aber Scherben sollen ja bekanntlich Glück bringen.
Vielleicht haben wir ja deshalb auch Glück? Und als
Dank dafür schicke ich Dir eine rote Rose hier in
diesem Päckchen zu.
Es herzt und küsst Dich inniglich
Mit großer Liebe – für immer und ewig
Deine Winny, das Hexchen

P.s.: Witzi und Flitzi sind aber süß …!

»Ja, aber was bedeutet denn überhaupt eine rote Rose?« fragte sich Danny. Eine
rote Rose hab ich ja noch nie bekommen. Was will sie mir denn damit mitteilen …? Es heißt: »*Bei einer roten Rose ist von Unsicherheit bestimmt keine Spur*
mehr: Sie steht wie keine andere Blume für die leidenschaftliche Liebe! Schenkt
Ihnen die Frau Ihres Herzens eine rote Rose, so ist sie nach alter Tradition in tiefer
Liebe entbrannt. Seit jeher verspricht die rote Rose: ›Ich liebe dich über alles.‹«
»Ja, das ist ja man eine Ansage«, dachte sich Danny, »Mannomann! Da be-
komm ich ne rote Rose von der tollsten Frau, die ich kenne. Das muss Liebe
sein.« Seitdem verband Danny seine Brieffreundin aus Leipzig, sein ›Hexchen
Winny‹, für immer und ewig mit dem zarten Rest-Duft der roten Rosenblätter,
der ihm aus dem kleinen Päckchen entgegen strömte.

Datteln, den 16. März 1969

Heiß-geliebte Winny, mein Hexchen,
na das ist ja mal eine tolle Überraschung, die Dir voll gelungen ist. Welch eine
Freude: heute bekam ich ein Päckchen von Dir aus Leipzig. Ich öffnete es mit
großem Herzklopfen. Und was war drin: eine rote Rose von Dir! Das ist ja echte
Leidenschaft. Du hast mich sehr glücklich gemacht.

Zuerst einmal schicke ich Dir einen herzlichen Glückwunsch zu Deinem 18.
Geburtstag am 21. März 1969. Ja, sag einmal: bist Du da jetzt womöglich schon
volljährig geworden, dort bei Euch in der DDR? Denn bei uns wird man ja erst mit
21 Jahren volljährig. Aber egal. Denn morgen gehe ich sofort zum Amt und werde
einen Besuchs-Antrag zu Dir stellen. Ich will Dich sehen, ich will Dich fühlen, ich
will Dich herzen. Denn Du verfolgst mich mit Deinen Küssen in meinen Träumen
In leidenschaftlicher Liebe – viele Küsse und Umarmungen
von Deinem Danny

Schon eine Woche später hatte Danny einen Antwortbrief aus Leipzig bekommen.

Leipzig, den 27. März 1969
Lieber Danny,
das war ja eine super Geburtstags-Überraschung, diesen schönen Liebesbrief von
Dir zu bekommen! Ja, Du hast recht: ich bin jetzt volljährig. Hier in der DDR
tatsächlich schon mit 18 Jahren. Und hoffentlich bringen uns die Scherben doch
noch Glück, sodass Dein Besuchs-Antrag nach Leipzig bewilligt wird.
Es küsst Dich inniglich und umarmt Dich leidenschaftlich
Mit großer Hingabe in ewiger Liebe
Deine Winny, das Hexchen

Danny plante also, seine Winny in Leipzig bald zu besuchen. Aber das war
einfacher gesagt als getan. Wenn sie in Ost-Berlin gewohnt hätte, dann wäre
es mit einem Tages-Visum von West-Berlin aus gegangen. Wie Udo Linden-
berg das später so schön in seinem Lied besungen hatte. ›Mädchen aus Ost-
Berlin …‹ Oder wenn er wenigstens ein Besucher der Leipziger Messe gewesen
wäre, dann hätten ihn die DDR-Behörden als potentieller Wirtschafts-Han-
delspartner und Devisenbringer immer gerne willkommen geheißen. Verwandte waren sie auch nicht. Da schienen die Chancen für Danny ziemlich
schlecht. Trotz alledem stellte er bei den DDR-Behörden einen Besuchsantrag
für Leipzig. Aber aus dem geplanten Besuch, da wurde leider nichts raus. Der
wurde ihnen verwehrt: er durfte sie nicht besuchen. Er bekam dafür keine
Einreisegenehmigung, da sie nicht miteinander verwandt waren. Nur bei Ver-
wandtschaft machte man damals eine Ausnahme für eine Besuchserlaubnis,

wenn überhaupt. Es waren ja DDR-Zeiten; und Ende der 60er Jahre herrschte noch der ›Kalte Krieg‹ zwischen den NATO-Staaten und den Warschauer Pakt-Staaten. Der ›Eiserne Vorhang‹ ging mitten durch Deutschland, teilte die beiden Teile in zwei Staaten auf und stand als unüberwindbare Hürde zwischen den beiden Liebenden. Die Entspannungspolitik wurde erst von Willy Brandt ab Anfang der 1970er Jahre initiiert.

Danny bekam schließlich am 21. April 1969 den für ihn bedauernswerten abschlägigen Bescheid von der DDR-Behörde in Ost-Berlin: große Trauer – schade, schade! Also wurde es mit einem Besuch bei seiner Brieffreundin leider nie was. Diese Neuigkeit schrieb er dann natürlich auch seiner Winny:

Datteln, den 24. April 1969
Geliebte Winny, mein Hexchen,
heute habe ich mal keine tolle Überraschung für Dich, sondern eine traurige Mitteilung. Wegen meines Besuchsantrages bei Dir in Leipzig habe ich vor ein paar Tagen eine Antwort bekommen. Man lässt mich nicht dort bei Euch rein in der DDR! Denn wir sind nicht miteinander verwandt. Also gibt es keine Einreisegenehmigung. Leider, leider, kann ich Dich nicht besuchen kommen. Jetzt kann ich Dich doch nicht sehen, Dich nicht fühlen und auch nicht Dich herzen. So muss ich mich mit Deinen Küssen in meinen Träumen begnügen.
  In leidenschaftlicher Liebe – viele Küsse und Umarmungen
  von Deinem Danny

Danny war verzweifelt, denn die beiden Liebenden konnten zueinander nicht kommen. Winny hatte seine Mitteilung bekommen, dass sein Besuchgenehmigungs-Antrag abgelehnt worden war. Mitten in seine verzweifelten Tagträume hinein bekam er als Antwort einen Brief aus Leipzig mit einem schönen Geschenk.

Leipzig, den 03. Mai 1969
Lieber Danny,
ich habe eine freudige und zugleich eine traurige Nachricht für Dich. Die freudige: ich habe mich verliebt! Im wirklichen Leben – hier in Leipzig. Ich bin glücklich mit ihm. Das, was mich glücklich macht, ist dann für Dich eher traurig. Aber Du kannst ja sowieso nicht zu mir kommen. Und ich nicht zu Dir. Du schriebst es mir

ja, dass Du mich jetzt doch nicht besuchen kommen kannst, weil Dein Besuchs-Antrag nicht bewilligt wurde. So haben uns dann ja leider die Scherben von Deinem zerbrochenen Bilderrahmen doch kein Glück gebracht. Aber immerhin hatten wir wenigstens eine schöne Zeit mit unserer Brieffreundschaft. Zur steten Erinnerung und als Dank für Deine schönen Briefe, Deine ehrliche Zuneigung und Deine vielen Bemühungen sende ich Dir heute in meinem Brief-Päckchen diesen schönen Bucheinband mit einem exotischen Fisch darauf, nämlich einem Skalar: das ist ein so genannter Segelflosser. Auf dass er Dich immer an mich erinnern soll. Gleichzeitig wünsche ich Dir auch viel Glück im Leben und in der Liebe.

Es küsst Dich inniglich und umarmt Dich leidenschaftlich
Mit großer Hingabe – in ewiger Liebe
Deine Winny, das Hexchen

Das musste Danny erst mal verdauen. Natürlich war er sehr traurig. Alles hatte anfangs so schön für ihn begonnen, aber dann dieses: es hatte wohl nicht sein sollen. Aber er war ja trotz aller ›Leidenschaft im Briefkuvert‹ auch Realist. So schrieb er eine Woche später seinen letzten Brief an Winny:

Datteln, den 12. Mai 1969
Liebe Brigitte, liebe Winny, für immer mein Hexchen,
erst einmal vielen Dank für Dein schönes Abschiedsgeschenk. In diesen Bucheinband kann ich jetzt mein Lebens-Kapitel ›Winny aus Leipzig‹ rein heften.
Auch ich wünsche Dir jetzt alles Gute für Dich,
Dein Leben und Deine neue Liebe
von Deinem Danny

So schrieb Danny also seiner Winny diesen Abschiedsbrief. Aber dass der Brief mit dem Skalar-Bucheinband von Brigitte Schöller, seiner Winny aus Leipzig, ihr letzter Brief sein sollte, so ein abruptes Ende hätte Danny sich nicht vorgestellt. Sicher, die Luft war auf einmal raus, aus dieser leidenschaftlichen Briefkuvert-Beziehung. Erst schien alles auf die Katharsis von Dannys Besuch in Leipzig hinaus zu laufen. Aber dann kam der Break. Und mit der Verweigerung seiner Besuchserlaubnis durch die DDR-Behörden wurden Danny und Winny Opfer des ›Kalten Krieges‹. Plötzlich riss der Strom der ›Leidenschaft im Briefkuvert‹ zwischen Datteln und Leipzig ab. Denn da ein Besuch von

Danny in Leipzig nie möglich erschien, erkaltete die ›Leidenschaft im Briefkuvert‹ und schlief dann nach und nach ganz ein. Was war nur geschehen? Danny wusste es nicht. Winny vielleicht? Aber von ihr bekam Danny keine Briefe mehr.

Leipzig, Leipzig

Nach Dannys Bekanntschaft mit seiner Brieffreundin Winny aus Leipzig interessierte er sich auch für alles andere aus Leipzig, sei es Politik, Geschichte oder Sport.

Ein sporthistorischer Fixpunkt war der Fußball in Leipzig. Denn der VfB Leipzig errang 1903 die erste deutsche Fußballmeisterschaft überhaupt. Das wiederholte der Verein sogar 1906 und 1913, sodass er vor dem ersten Weltkrieg, also bis 1914, als der erste deutsche Rekordtitelträger genannt werden durfte. Auch die größte Sensation in der damaligen DDR-Oberliga fand ausgerechnet in Leipzig ihr Happy End. Es war so, dass bis 1963 zwar zwei Mannschaften aus der Messestadt in der Oberliga vertreten waren, nämlich Lokomotive Leipzig und Rotation Leipzig, aber der Erfolg von Leipziger Mannschaften blieb relativ bescheiden. Beide Teams erreichten jeweils als bestes Ergebnis nur zweimal den dritten Rang sowie als damaligen Höhepunkt durch den SC Lokomotive Leipzig einen DDR-Pokalsieg. Mit der Zusammenlegung beider Sportclubs zu einem zentralen Leipziger Sportclub fand schließlich im Sommer 1963 die Bündelung des Leipziger Leistungssports ihren Abschluss, die auch dem Fußball in der Messestadt den lang ersehnten sportlichen Aufschwung bescheren sollte. So wurde die erste Fußball-Mannschaft des neu entstandenen SC Leipzig aus den vermeintlich leistungsstärksten Akteuren von Lok und Rotation gebildet. Die restlichen und vermeintlich schwächeren Spieler, die sich nicht für den neuen Sportclub empfehlen konnten, wechselten zur BSG Chemie Leipzig. Und dann folgte in der Saison 1963/64 die besagte Riesen-Sensation. Denn die im Vorfeld oft als ›Rest von Leipzig‹ betitelte Mannschaft wurde vom Trainer Alfred Kunze zu einem abwehr- und konterstarken Ensemble geformt. Schließlich holte so Chemie Leipzig 1964 sensationell die erste und zugleich letzte DDR-Meisterschaft für einen Leipziger Fußball-Verein.

Jahrzehnte später – da war es dann leider für die Vereinigung von Winny und Danny viel zu spät – gab es in der Politik noch mal was extrem Gravierendes aus Leipzig zu berichten: die so genannten Montagsdemonstrationen waren im Herbst 1989 ein bedeutender Bestandteil der friedlichen Revolution in der DDR. Es waren Massendemonstrationen, die seit dem 4. September 1989 in Leipzig stattfanden. Im Herbst 1989 fanden auch in anderen Städten der DDR, beispielsweise in Dresden, Halle, Karl-Marx-Stadt, Magdeburg, Plauen, Rostock, Potsdam und Schwerin, regelmäßige Massendemonstrationen statt. Mit dem Ruf ›Wir sind das Volk‹ meldeten sich Woche für Woche Hunderttausende DDR-Bürger im ganzen Land zu Wort und protestierten gegen die politischen Verhältnisse. Ziel war eine friedliche, demokratische Neuordnung, insbesondere das Ende der SED-Herrschaft. Schließlich mündete alles zum Mauerfall im November 1989 und führte zum Ende der DDR.

Swinging London

Brieffreundinnen hatte Danny in aller Welt. Aber es war schon ein besonderes Ereignis, als er dann sogar eines seiner Girls live und leibhaftig bei ihr zu Hause besuchte: und zwar 1970 Suzanne Moses in England, im aufregenden Swinging London. Danny hatte sich schon seit zwei Jahren mit ihr geschrieben. Da traf es sich ja ausgezeichnet, dass er vorhatte, zusammen mit seinem Klassenkameraden Carlos nach London zu trampen. Carlos hatte Verwandte in Ealing Common, einem westlichen Vorort von London. Dorthin wollten die beiden zusammen für drei Wochen. Da Verwandte, durfte Carlos seinen Schulfreund mitbringen. Sie bekamen dort umsonst Kost und Logis. Hin- und Rückweg wollten sie per Tramp-Reise kostengünstig bewältigen. So wollte Danny das Angenehme mit dem Nützlichen verbinden. Dann könnte er doch gleich mal seine Brieffreundin aus London besuchen. Gedacht – getan …!

Datteln -> London, the 31ˢᵗ of July, 1970

Dearest Suzanne,

*I‹m glad to tell you that my friend and me shall ar-
rive next week‹s Sunday, the 9ᵗʰ of Aug., 1970, at you
in London. We‹ll hitchhiking the way from here in
Germany to Oostende in Belgian. There we‹ll take
the ferry to Dover and change to the train to London.
So we‹ll arrive at Victoria Station about the midday-
time. You have my photo and I have yours photo. So
we‹ll probably meet us there…!*

  Love and peace and many kisses
  I‹m looking forward to you with big happiness
  Yours forever Danny

Danny schickte Suzanne sein aktuelles Foto von 1970, mit zusseligen halblan-
gen Haaren neben einem Fidel Castro-Plakat, damit sie bei ihrem geplanten
Treffen was zum Erkennen haben würde.

London, the 4th of Aug. 1970

Dearest Danny,

I‹m so happy that you and your friend will visit me next week.

  *Well, I‹ll wait for you, together with my girl-friend Peggy at Sunday, the 9ᵗʰ of
Aug., for you at Victoria-Station, London. You are right: You have my photo and
I have your photo. So we meet us there. If not, phone my mother in Islington…*

  I‹m looking forward to you with love & freedom & many kisses
  from Suzanne

Der mit Suzanne verabredete Treffpunkt war der Bahnhof Victoria-Station,
am Sonntag, den 9. August 1970 in London. Das hatten Carlos und Danny
sich einfacher vorgestellt. Erst hatten sie mit Mühe und Not alle Klippen ihrer
allerersten Tramp-Reise umschifft und waren pünktlich am verabredeten Tag
in London angekommen, da entpuppte sich die Victoria-Station als riesige
Halle voller Läden und Menschengewimmel. Danny hatte zwar ein Foto von
Suzanne und sie auch eines von ihm, aber sie fanden sich nicht. Deshalb rief er
flugs bei ihrer Mutter zu Hause im Londoner Norden, im Stadtteil Islington,

an. Ihre Mutter sagte am Telefon: »*No problem. You only have to look to two hippie-girls in flower-power-clothes!*«

Aha. Und tatsächlich fanden sie aufgrund dieser Beschreibung rasch die beiden Mädels in den langen Flower-Power-Röcken. Suzanne war eine attraktive schlanke Brünette mit einem schönen Gesicht und langen Haaren. Aber es funkte nicht zwischen ihr und Danny, obwohl sie sich noch zwei weitere Male während seines London-Aufenthaltes verabredeten. Einmal davon bei ihr zu Hause, wobei es English-Tea gab. Suzannes Vater überredete sie bei dieser Gelegenheit, mit zum nächsten Heimspiel seiner Lieblingsmannschaft Arsenal London zu kommen. Das war dann allerdings ein unvergessliches Erlebnis, da Arsenal im heimischen Highbury-Stadion die super Mannschaft von Manchester United mit 4 : 0 geschlagen nach Hause schickte, obwohl die mit allen Stars wie den beiden Weltmeistern Bobby Charlton und Nobby Stiles sowie dem Schotten Dennis Law und dem unvergessenen Nordiren George Best angetreten waren. Der wurde wegen seiner langen Mähne auch der ›fünfte Beatle‹ genannt. Man sagte ihm folgendes Zitat nach: »*Ich habe viel von meinem Geld für Alkohol, Frauen und Autos ausgegeben. Den Rest habe ich einfach verprasst.*« Aber immerhin schaffte Arsenal in England in dieser Saison 1970/71 sogar das Double, also Meisterschaft und Pokal zu gewinnen.

Doch bei Suzanne erreichte Danny gar nix. Danny war ihr wahrscheinlich viel zu wenig draufgängerisch. Und irgendwie fand sie seine Haare auch gar nicht lang genug für die damals angesagte Hippie-mäßige Mode. Na ja, er war ja außerdem auch noch extrem schüchtern, halt ein echter Spätzünder. Sie gingen sogar alleine durch London spazieren, wobei ihre Gespräche schleppend, unekstatisch und im höchsten Maße unerotisch blieben. Dabei befanden sie sich mitten im Swinging London, aber mit Suzanne gab es ›no love‹.

Na ja, wo sie schon mal in der Nähe waren, dachten sich die beiden Traveller: »Warum sollen wir da nicht mal spontan zum Isle of Wight-Festival an der Südküste Englands trampen?« Ja, machten sie dann auch. Denn 1970 fand dort das letzte der Festivals statt, dem so genannten ›europäischen Woodstock‹. Fünf Tage lang unter der strahlenden Augustsonne, 50 Musikgruppen, 500.000 Menschen erfreuten sich an diesem größten europäischen Open-Air-Festival, dem Nachfolger des legendären Woodstock-Festivals von 1969. Mit dem erfrischendem Unterschied, dass 1970 Danny und sein Reise-Compadre Carlos auf der Isle of Wight herrliches trockenes Festivalwetter hatten, kein

Regen mit Schlammschlachten wie in Woodstock, kein ›no rain, no rain, no rain …!‹ war nötig. Sie waren einfach nur gut drauf, denn es war die Zeit von ›love and peace‹. So lagen die beiden jungen Traveller auf ihrer mitgebrachten Decke nur ca. 20 Meter von der Bühne entfernt mitten im riesigen Pulk der friedliebenden Festivalbesucher. Es wurde auch viel geraucht um sie herum, aber Danny als Nichtraucher ließ die kreisenden Joints an sich vorüber gehen. Er war auch ohne Drogen gut drauf und ließ sich höchstens von den friedlich wabernden Rauchschwaden der schwer duftenden Räucherstäbchen anturnen. Ständig kamen neue Festivalbesucher nachgeströmt. So auch die beiden englischen Girls, die sich ganz frech einfach neben die beiden Jungs setzten. Später wurde es immer voller und enger, sodass sie angenehmer Weise zwei nette Girls neben sich hatten. Da lagerten sie dort in der heißen Sonne der britischen Kanalinsel liegend nebeneinander und kamen dann sogar auch ins Gespräch. Die langhaarige Blonde neben Danny hieß Ann und kam aus Leeds. Nach einigen Stunden des vertrauten Nebeneinanderliegens lagen ihre Köpfe nur noch ca. 20 cm auseinander. Sie hatten anscheinend so viele gute Gespräche, dass Danny sich kaum wieder erkannte. Da er ja eigentlich viel zu schüchtern war, Mädels anzubaggern, brauchte es wohl den Zufall und die Enge des Festivalbetriebes, um sich mit solch einem holden Geschöpf anzuwärmen. Jedenfalls fragte Danny sie: «What do you think of a flirt?»

«Hahaha …«, heutzutage würde diese schlichte Frage nach einem Flirt sicherlich in der Hitparade der plumpesten Anmachen ganz oben landen. Aber damals war Danny erst 18 Jahre jung, noch nicht einmal volljährig und in keinster Weise rhetorisch geschult. Aber der Erfolg war überraschend durchschlagend. Denn statt einer Antwort kam sie mit ihrem Kopf näher und küsste ihn einfach. Da ließ sich Danny nicht zwei Mal bitten: der blonden Kussgelegenheit frisch an den Schopf gepackt, und ab ging die wilde Knutscherei. Das hatte er ja schon gelernt bei seinem ersten Zungenkuss. Aber es war bloß so selten die Gelegenheit dazu, die Kuss- und Knutsch-Technik zu verfeinern. Vor lauter Übereifer verbrannten sie sich fast an den beiden Räucherstäbchen, die zwischen ihnen standen. Die hatte Danny irgendwann im Laufe des Nachmittags da hin gesteckt, um die Atmosphäre zwischen ihnen beiden etwas anheimelnder zu machen. Ann war anscheinend auch gut in Stimmung. Oder vielleicht fand sie Danny ja auch einfach nur süß. Es blieb nicht beim Küssen und Knutschen allein. Erst ließen sie sich von Jimi Hendrix aufheizen, dann wurden sie vom wunderschönen Gesang der Sängerin Jacqui McShee von der britische Folkrockgruppe Pentangle betört. Während dieses Auftritts hatte Danny sein erstes Petting-Erlebnis mit Ann unter ihrem schwarzen Lackledermantel. Sie befummelten sich, und er durfte sogar ihre freigelegten Brüste unter ihrem privaten ›Lacklederzelt‹ streicheln, jedoch nicht ihren Jeansgürtel lösen. War ja auch egal. Denn es war eh eine fantastische Sache für ihn. Sie knutschten und herzten sich in Ekstase, bis er einen jubilierenden Samenerguss in seiner Hose bekam. Währenddessen feierten um sie herum eine halbe Million junger Menschen das Manifest von ›Love and Peace‹. So kam ihm immer dieser schwere Patschuli-Duft der Räucherstäbchen in die Nase, wenn er sich an sein erstes Petting-Erlebnis erinnerte.

Nun war der letzte Festival-Tag angebrochen und sollte mit dem Auftritt von Joan Baez beendet werden. Die US-amerikanische Folkmusikerin mit mexikanischen Wurzeln sang gerade mit ihrer besonders starken, klaren Sopran-Stimme. Wegen ihres politischen Engagements wurde sie auch als ›das Gewissen und die Stimme der 60er‹ bezeichnet. Bekannt war sie durch das Lied ›We shall overcome‹. Die beiden Jungs hatten vorher verabredet, vor dem Ende des letzten Auftritts das Gelände zu verlassen, weil sie nicht in die Aufbruchsstimmung von 500.000 Menschen geraten wollten. Deshalb brachen sie schon während des Auftritts von Joan Baez auf. Nach einigen wilden Abschiedsumarmungen ließ Danny sich nur schweren Herzens von Ann losreißen, dem hübschen blonden Girl aus Leeds. Am nächsten Tag warf ihm Carlos vor: »Warum hast du das denn nicht gesagt, dass die beiden aus Leeds sind? Das ist doch auch unsere Richtung. Wir hätten doch auf unserem Weg zurück nach London nordwärts mit den beiden zusammen trampen und unterwegs was reißen können.« Aber das war Danny ziemlich egal. Denn er verließ mit einem breiten Grinsen auf dem Gesicht das Festivalgelände. Er gehörte jetzt dazu. Sein ›Orgasmus in der Hose‹ hatte ihn zum Mitglied der Love & Peace & Music-Generation gemacht.

Und in den nächsten Wochen danach träumte Danny weiter und lebte seine Phantasien bei seinen Brieffreundinnen aus. Und zwar in seiner unnachahmlichen Art der ›Leidenschaft im Briefkuvert‹. Denn von richtigem Sex and Drugs and Rock‹n Roll konnte Danny damals eh immer noch nur träumen. Davon handelten nur die bunten Bilder und Poster in der BRAVO. Aber die Wirklichkeit sah eher trister aus. Denn da träumte er leider nur seine Phantasien bei seinen Brieffreundinnen weiter, wenn er die ›Leidenschaft im Briefkuvert‹ zelebrierte.

Das wirkliche Leben

Die erste Liebe

Danny, der Spätzünder, lernte erst 1971 als Oberprimaner die Freuden und Qualen der Liebe kennen. Er fuhr täglich im Bus mit Susanne Sonntag aus Datteln, jeweils von Datteln nach Recklinghausen und zurück. Denn sie besuchten dort beide das Freiherr-vom-Stein-Aufbaugymnasium. Und durch sie lernte Danny ihre Klassenkameradin Nicole kennen. Er fand sie von Anfang an toll. Jedoch funkte es zwischen Nicole und ihm erst in der Recklinghäuser Disco ›Bodega‹, wo sie sich am Rosenmontag 1971 trafen. Das war die lustige Zeit, als der damals aktuelle Karnevalshit hieß: ›Auf die Bäume, ihr Affen, der Wald wird gefegt …!‹ Nicole und Danny jedenfalls freuten sich damals beide über ihr Zusammentreffen und unterhielten sich prächtig. Er lieh sich dann sogar noch von seinem Klassenkameraden Fritz 2,-- DM, damit er mit Nicole länger bleiben und ihnen beiden ein Getränk in der Bodega bezahlen konnte. Sie redeten lange miteinander, kamen sich näher, schmusten und küssten sich und herzten und umarmten sich heftig. Daraus wurde eine wilde Knutscherei, wobei Danny sogar ihre schönen Brüste streicheln durfte. Sie war jung, total hübsch, hatte lange dunkelblonde Haare, eine tolle Figur und wunderschöne blaue Augen. Diese Augen waren wie Sterne, sie blitzten und strahlten. Am nächsten Tag wurde er im Bus nach Recklinghausen von Susanne ausführlich ausgefragt. Stolz erzählte Danny ihr, dass er jetzt in Nicole verliebt sei, und es gestern endlich bei ihnen beiden gefunkt hatte. Susanne fragte ganz neugierig: »Was habt ihr denn gemacht?«

Danny ganz happy und vielsagend: »Alles …!«

»Wie ›alles‹ …!? Auch Sex …?« drängelte Susanne weiter.

»Nein, natürlich nicht«, antwortete Danny entrüstet, »nur Küssen, Knutschen, Umarmen und ein bisschen ihre Brüste Streicheln …«

»Ahhh sooo …!?«

Ein paar Tage später probierte Danny seinen ersten LSD-Trip. Der war sehr schön für ihn, vor allem, weil ihm dabei Nicoles feldblumenblaue Augen überdeutlich erschienen, quasi als optisches Mantra des Trips. Diese blauen Augen verfolgten ihn in seinen Tagträumen. Am nächsten Tag nach Dannys Trip erzählte er Nicole, dass diese ›Reise‹ eine Erfahrung sondergleichen war. Aber er würde doch in Zukunft lieber die Finger von Drogen lassen, denn er befürchtete, diese LSD-Trips könnten ihm womöglich zu gut gefallen.

Nicole war eine echte ›Traumfrau‹ und wurde seine erste Freundin, seine erste unvergessene Liebe. Danny war ja als Jugendlicher immer von der TV-Serie ›Ein Sommer mit Nicole‹ wegen des hübschen sympathischen Aupairmädchens Nicole aus Paris total begeistert. Und jetzt erlebte er selber einen schönen Sommer mit Nicole: großartig! Sie schwebten beide auf dem positiven Gefühl der Liebe. Das bedeutete für sie natürlich auch immer Leiden an der Liebe, weil der Liebende ja immer noch mehr möchte. Es war zwar die erste Liebe, aber Bumsen gab es bei ihnen noch nicht. Sie war ja auch erst 15 Jahre jung. Dafür verbrachten sie viele Wochen und Monate in den Feldern und Wäldern um Datteln und Recklinghausen, knutschten und rubbelten sich, streichelten und herzten sich. Ihre üppigen Brüste wurden beim ausdauernden und variantenreichen Petting gut und gerne von ihm massiert. Die Entdeckung der Zärtlichkeit führte ihn schließlich zur ersten großen Liebe im Leben, auch wenn es nur ein ›Sommer mit Nicole‹ wurde. Das zeigte sich dann auch eklatant bei Danny. Sobald das richtige und eigentliche Leben ihn mit Liebe und später dann auch mit saftigem Sex verwöhnte, wurde das eher theoretische Leben des Brief-Korrespondenten immer weniger. »Sex, Sex, Sex …!« das war natürlich ein großes Thema bei den jungen Leuten damals Anfang der 1970er Jahre, so auch bei Danny und Nicole. Aber als er sie kennen lernte, war sie ja noch 14 Jahre jung.

»Bumsen, Bumsen …!«. dieses Wort gefiel ihnen beiden, besonders vom Klang her. Aber sicherlich auch, weil es etwas noch Fremdes, Neues, Geheimnisvolles für die beiden bedeutete. Aber sie sprachen nur darüber, wenn sie zu ihrer Stammkneipe in Recklinghausen gingen, dem ›8 bis 8‹. Sie redeten nur darüber, aber machten es nie. Als Danny seine Nicole dann aber doch mal danach fragte, ob sie denn miteinander ›schlafen‹ könnten, da lehnte sie das mit der etwas merkwürdigen Begründung ab: »Nein. Ihre Klassenkameradin, die Conny, die hat einen Freund. Und dem habe sie es erlaubt, mit ihr zu ›schlafen‹. Seitdem will er das immer, auch wenn sie ›ihre Tage‹ habe.

Nein, so was will sie nicht.« Na ja, Danny wollte sie nicht bedrängen: »Sie war ja noch so jung. Das mit dem Sex würde schon irgendwann noch kommen«, dachte er für sich. Dafür hatten sie immer und immer wieder wunderschönes Petting miteinander. Manchmal bei ihr zu Haus in ihrem Zimmer, wenn sie sich stundenlang streichelten und dabei ihre erogenen Zonen orteten. Einmal outete sich Nicole dabei als kleines ›Hexchen‹. Es war schon spät, und Danny wollte sich von ihr verabschieden, um noch seinen letzten Bus von Recklinghausen nach Datteln zu bekommen. Aber sie ließ ihn einfach nicht gehen. Sie umgarnte ihn mit Küssen und Umarmungen, denen er nicht gewachsen war. So blieb er länger. Aber Übernachten durfte er natürlich auch nicht bei ihr. Also musste er die 12 km nach Hause laufen oder trampen. Aber meistens vergnügten sie sich in freier Natur unter westfälischem Sonnenschein in Wiesen und Auen. Wie zum Beispiel bei der 1. Mai-Wanderung, von Datteln aus ins Grüne. Dann lagen sie irgendwo weit weg von allen allein und knutschten und rubbelten sich. Er legte ihre wunderschönen üppigen Brüste frei und küsste und streichelte sie. Sie herzten und umarmten sich, bis ihm ›einer in der Hose abging‹. Aber unterhalb der Gürtellinie machten sie beide Stopp. So sah dann auch nach der Mai-Wanderung Dannys weiße Jeans-Hose aus. Mit grün/erdfarbigen Flecken an beiden Knien, als sie aus der Botanik wieder in die Stadt zurück kamen. Macht nix, dafür ein breites Grinsen im Gesicht.

Einmal blieben sie bis spät in der Nacht in Datteln am Kanal. Als sie dann mit der Decke über ihrer beider Schultern gehängt zur Trampstelle gingen, wurden sie von der Polizei angehalten. Sie hatten ein schlechtes Gewissen und mussten sich ausweisen. Aber da half die Stellung von Nicoles Vater sehr, nachdem einer der beiden Dattelner Polizisten das herausbekommen hatte: »Ah, du bist die Tochter von Kommissar Lieberberg in Recklinghausen? Na gut, wenn das so ist, dann wollen wir euch mal wieder ziehen lassen. Aber Sie, junger Mann, bringen Ihre junge Freundin jetzt aber mal schleunigst nach Hause!«

»Ja, gut. Danke, Herr Wachtmeister. Das hatten wir jetzt sowieso vor …« Noch mal gut gegangen. Meistens waren sie allerdings brav. Einmal erlaubten Nicoles Eltern ihr, dass sie zusammen mit Danny ein Konzert besuchen durfte. Die Rattles kamen nach Datteln. Sie waren ja in den 1960er Jahren mit ihrem Sänger und späteren Barden Achim Reichel die deutsche Antwort auf die Beatles. Und die kamen also im Mai 1971 mit ihrem aktuellen Hit ›The Witch« nach Datteln. Leider verspätete sich der Anfang des Konzerts um mehrere

Stunden. So brachte Danny seine Nicole erst zur Bushaltestelle, setzte sie in den Bus nach Recklinghausen und ging dann wieder zurück ins Kolpinghaus, um irgendwann doch noch die Rattles zu erleben. Ein anderes Mal schauten sie sich im Dattelner Kino an der Castroper Straße den Film ›Spiel mir das Lied vom Tod‹ an. Der brauchte auch stundenlang, um sich durch seine dramatischen Western-Ereignisse zu kämpfen. Das dauerte Nicole viel zu lange. Also gingen sie zusammen eine Stunde vor dem Film-Ende aus dem Kino. So konnte Danny seine Freundin zum Bus nach Recklinghausen bringen, damit sie noch rechtzeitig nach Hause kam.

Danny machte ja im Frühling 1971 sein Abitur am Freiherr-vom-Stein-Gymnasium in Recklinghausen, der Schule, auf die auch Nicole ging, nur ein paar Klassen tiefer. Und als Danny seine schriftlichen Abi-Prüfungen machte, da verhielt sich Nicole total lieb. Jedes Mal brachte sie ihm einen Frucht-Joghurt mit Löffelchen, damit er sich bei den vier- bis fünfstündigen Klausuren zwischendurch stärken konnte: wie süß.

Und dann kam auch schon Nicoles 15. Geburtstag am 12. Mai 1971: jetzt war sie nicht mehr ganz so jung. Als Danny ein paar Tage später am 15. Mai 1971 seine große Abitur-Party in seinem Elternhaus feierte, hatte er natürlich seine Freundin Nicole auch dazu eingeladen. Und deshalb gab es erstmals ein Telefongespräch zwischen ihren beiden Müttern. Leonie Lieberberg rief Marie Kowalski an, um sich zu erkundigen, wohin denn ihre Tochter da eingeladen worden war. War ja auch ganz vernünftig, dieser Gedanke an sich. Nur dass Marie Kowalski dabei gleich Nicoles Mutter fragte, ob ihre Tochter denn auch ›die Pille‹ nahm, das fand Danny doch ein bisschen übertrieben. Klar, sie hatte es schließlich nur gut gemeint. Aber es war leider noch gar nicht notwendig, weil ja noch nix mit Sex bei den beiden lief. Das wiederum konnte die aufgeklärte und moderne Marie Kowalski nicht wissen. Die Party war ein riesiger Erfolg. Es kamen 17 junge Menschen, 7 Mädels und 10 Jungens, also schön gemischt, wie Danny hinterher auf seinem selbst gemalten Party-Plakat nachlesen konnte: ›*Wir waren die goldene 71er Generation*‹ stand da oben drüber. Alle hatten unterschrieben, alle seine Freunde mit ihren Freundinnen und natürlich auch seine Nicole: toll. Verabredungsgemäß brachte er sie dann zur rechten Zeit zum Bus, damit Nicole auch hier wieder rechtzeitig nach Hause zu ihren strengen Eltern kommen konnte.

In den übrigen schönen Maien-Tagen bis zu Dannys Bundeswehr-Einberufung zum 1. Juni 1971 unternahmen sie noch allerlei interessante Ausflüge. Einmal machten sie zusammen in einem Zweier-Wanderkajak eine Paddeltour auf den Kanälen rund um Datteln. Denn Dannys Eltern waren im Kanu-Club KEL Datteln, also Kanuten-Emscher-Lippe, weshalb Danny als Familienmitglied sowohl paddeln konnte als auch Zugang zum elterlichen Doppel-Kajak hatte. Das war schön, vom Bootshaus der Kanuten in der Nähe des Dattelner Hafens über den Dortmund-Ems-Kanal Richtung Norden zu paddeln. Am Dattelner Meer verzweigte sich dieser Kanal in eine alte und eine neue Fahrt. Sie paddelten in die ruhigere ›alte Fahrt‹ ohne Last-Schiffsverkehr und fanden dort auch ein schönes Örtchen am Ufer mit schattigen Bäumen, wo sie ihre Decke ausbreiten konnten. Erst machten sie ein Picknick mit den mitgebrachten Getränken und Leckereien. Danach streckten sie sich auf der Decke aus, um sich ein wenig zu herzen und zu liebkosen, sozusagen ihre Lieblingsbeschäftigung in jener Zeit.

Da Nicole ja in Recklinghausen-Ost wohnte, war es nicht weit bis zur Trab-Rennbahn Hillerheide. Sie gingen gerne dahin und ließen sich vom Flair der Rennen mitreißen. Ohne einen Pfennig Geld einzusetzen, ›spielten‹ sie trotzdem mit. Sie fanden auf der Tribüne ein Programmheft, wo alle Rennen mit allen Rennpferd-Namen aufgeführt wurden. So ›setzten‹ sie, ohne überhaupt Ahnung vom Turf-Sport zu haben, einfach auf die Namen der Pferde. Und zwar nur dann, wenn die Namen ihnen gefielen. Hieß einer ›Sonnenschein‹ vom Gestüt Röttgen oder gar ›Fortuna‹ aus dem Gestüt Schlenderhannes, dann suchten Danny und Nicole sie sich aus. Und sage und schreibe gewann jeder von den beiden sechs Mal ein Pferderennen, indem sie vorher den Sieger ausgesucht hatten, nur alleine von Klang des Namens her. Aber das Beste und Unübertroffendste von allen ihren Wetten war Rennen Nummer 7, als sie beide gewannen: es gab nämlich ein ›totes Rennen‹, also beide Pferde liefen in einem unentschiedenen Kopf-an-Kopf-Rennen über die Ziellinie ein. Das waren für Nicole ihr Hengst ›Joschi‹ und für Danny die Stute ›Amore‹. Na, wenn das kein Zeichen für unsere beiden Liebenden war? Jeweils hatten sie sieben Mal auf die richtigen Siegerpferde gesetzt, zwar keine einzige D-Mark dabei gewonnen, waren aber beide reich an Glück wieder nach Hause gekommen.

Danny und Nicole ›gingen also zusammen‹, auch im wahrsten Sinne des Wortes wollten sie zusammen gehen, am liebsten bis nach Kathmandu, Nepal. Davon träumten sie, sobald er, Danny, die Freiheit bekommen sollte, weg von der Bundeswehr. Denn nachdem sie schon einige Monate mit einander gegangen waren, riss sie der ›Bund‹ plötzlich, aber nicht unerwartet auseinander. Danny hatte seinen Stellungsbefehl zum 01.06.1971 bekommen: er musste sich bei den Fallschirmjägern in Wildeshausen einfinden – und das nur zwei Wochen nach seinem Abi. Etwas naiv glaubte er bis kurz vorher daran, dass sie ihn vielleicht vergessen würden. War aber nicht so. Er bekam von der Bundeswehr eine Bundesbahn-Fahrkarte einfach, also ein One-way-Ticket, von Recklinghausen nach Wildeshausen zugesandt.

Am Morgen des 1. Juni brachten Dannys Eltern ihn zum Recklinghäuser Hauptbahnhof, wohin auch Nicole kam, um sich von ihrem Liebsten zu verabschieden. Danny fand es total süß, dass sie dafür ihren zitronengelben Mini-Faltenrock angezogen hatte. Denn das war sein Lieblingskleidchen an ihr. Das junge Mädchen duftete dabei nach Mai-Glöckchen, wie ein junges Füllen auf der Weide. Mit vielen Küssen und Umarmungen verabschiedeten die beiden sich voneinander und schworen sich dabei ewige Liebe.

So fand sich Danny dann am gleichen Abend, kaum das Abitur zwei Wochen vorher bestanden, im olivgrünen Soldaten-Outfit bei den Fallschirmjägern in Wildeshausen wieder. Genauer gesagt beim 2. FschJgBtl. 272. Eigentlich wollte Danny den Kriegsdienst verweigern. Aber er hatte es dann doch nicht gemacht. Denn sein Vater behauptete damals zu recht, mit seinem damaligen Berufswunsch ›Volkswirtschaftler‹ brauche er sich später als KDV'ler erst gar nicht für eine Stelle zu bewerben. Also wurde Danny brav ein ›Jäger‹, und von da an führten Nicole und er in den nächsten Monaten eine Wochenend-Beziehung. Sie lebten während der Woche nur für das Wochenende, also von Freitagnachmittag bis Sonntagnachmittag, wo sie sich sehen und etwas miteinander unternehmen konnten. Danny zog sein ›Ding‹ bei der Bundeswehr durch, zumal ihm auch nichts anderes übrig blieb. Er war ziemlich verdutzt über regelmäßiges Strammstehen, im Gelände rumrödeln und ›Kleinkrieg spielen‹. Dagegen blieb Nicole eine mehr oder weniger brave Schülerin auf demselben Aufbaugymnasium in Recklinghausen, auf dem Danny vorher sein Abi gemacht hatte. Deshalb blieb unseren beiden Liebenden nix anderes übrig, als ihre Leidenschaft im Briefkuvert auszuleben. Sie schrieben sich während der Woche heiße Briefe hin und her.

Wildeshausen, den 2. Juni 1971

Meine geliebte Nicole,
ich vermisse Dich jetzt schon riesig. Es war so schön, Dich gestern bei meinem Abschied auf dem Recklinghäuser Hauptbahnhof in Deinem süßen zitronengelben Mini-Rock zu sehen. Ich konnte Dich noch minutenlang auf dem Bahnsteig winken sehen, wie einen nach Nektar suchenden Zitronenfalter. Denn Du weißt ja, was einst Francois Mauriac schrieb: ›Jemand lieben heißt, als Einziger ein für die Anderen unsichtbares Wunder sehen‹. Aber am Wochenende sehen wir uns ja schon wieder. Bis dahin küsse und umarme ich Dich
 Dein Danny

Und Nicole schrieb ihm umgehend einen innigen Brief mit einem selbst gemalten chinesischen Zeichen:

Recklinghausen, den 3. Juni 1971

Lieber Danny,
schön, dass Du am Wochenende schon wieder hier bei mir bist. Ich vermisse Dich und herze Dich warm und inniglich.
 ›If I could sing only one song
 I'd sing of you
 and I shall dance for you
 the sweetest dance I can‹
Mit großer Liebe und tausend Küssen
 von Deiner
 Nicole

Am darauf folgenden Wochenende liebten sie sich umso mehr. Die vorübergehende Abwesenheit hatte Dannys Sehnsucht nach Nicole noch verstärkt. Ihr Gefühl der Zuneigung zueinander bestand aus einer Leichtigkeit, als könnten sie nur von Luft und Liebe leben. Es gab da mal so eine Situation, als sie im Recklinghäuser Stadtpark spazieren gingen, und ein starker Sommerlandregen einsetzte. Das störte unsere beiden Liebenden überhaupt nicht. Sie ließen sich einfach nass regnen, denn einen Regenschirm hatte keiner von beiden. Das wäre ihnen doch als zu spießig vorgekommen. Und trotzdem hatten sie ein gutes Gefühl dabei, nämlich das Gefühl der Freiheit der Liebe. Leider war der erste Wochenend-Urlaub viel zu schnell vorbei …

Meine geliebte Nicole,
ich sehe Dich vor mir in meiner Imagination und vermisse Dich sehr.
  ›Gib mir von deinen stillsten Küssen, leg deine Hand auf meine Brust:
  Mein Herz ist still und will nur wissen, dass du ihm nah… und wie die Lust
  des lauten Tags in dieser Stunde im Dämmerschweigen still verblasst,
  so will es nur den Frieden fühlen, den du ihm süß gegeben hast.‹
Albert Sergel
  Mein Leben hier bei den Fallschirmjägern bedeutet, dass ich ein so genann-
ter ›Jäger‹ in meiner Kompanie bin. Ich wohne zu Sechst mit fünf anderen
Kameraden auf einer Stube. Ich habe aber überhaupt keine Lust, mich mit
ihnen am allabendlichen Kampftrinken im Casino zu beteiligen, weil ich in
der Zeit lieber Literatur über KDV lese. Diese Woche waren wir zum ersten
Mal im Gelände, das nennen die das allwöchentliche Rödeln. Ich freue mich
schon aufs Wochenende, wenn wir uns wiedersehen werden. Bis dahin küsse
und umarme ich Dich
  Dein Danny

Und wieder schrieb ihm Nicole treu und brav umgehend zurück, dieses Mal
einen Brief mit Gedicht und Panda-Bärchen als Erinnerungsgeschenk:

Lieber Danny,
ich freue mich immer riesig, wenn ich einen Deiner schönen Briefe bekomme.
Dann wird mir ganz warm ums Herz.
  ›Ich träumte einmal, ich sei ein Schmetterling.
  Jetzt weiß ich nicht, ob ich ein Schmetterling bin,
    der träumt, er sei ein Mensch…‹
Bis zum Wochenende ist es nicht mehr lange, bis dahin überschütte ich Dich mit
großer Liebe und tausend Küssen
  Deine Nicole

P.s.: Ich habe Dir diesen kleinen Panda-Bären als Maskottchen mitgeschickt. Er
soll Dich immer an mich erinnern.

Und dann kam die Härteprüfung für Danny: ein zweiwöchiges Manöver im Sennelager bei Paderborn war für seine Kompanie im Juli 1971 angesetzt worden. Das bedeutete leider auch, dass Danny seine Nicole an dem einen Wochenende nicht besuchen konnte. Dafür bekam er überraschend Besuch von seinen Eltern, die netterweise zusammen mit Nicole kamen. Danny durfte sogar zum Empfang seines Besuches zivile Kleidung, also Jeans und T-Shirt anziehen. Darin empfing er seinen Besuch am Lagereingang. Wieder hatte Nicole zu Dannys Entzücken ihr zitronengelbes Miniröckchen angezogen. Dannys Eltern waren sogar so lieb, dass sie Nicole und Danny allein spazieren gehen ließen, damit sich das Liebespaar ein wenig ungestört unterhalten konnte. Dabei schwärmte Nicole ihm von ihren zahlreichen Wochenend-Unternehmungen vor, worüber Danny ziemlich eifersüchtig wurde. Weniger, weil er dachte, sie würde ihm untreu, sondern eher, weil sie mit anderen was Schönes machen konnte, während er Soldat spielen musste. Die Besuchszeit war leider schnell um. Danny verabschiedete sich von seinen Eltern und küsste noch mal inniglich seine Nicole, bevor sie alle mit Götz‹ Auto seinen Blicken in den staubigen Weiten des Sennelagers entschwanden. Danny zog sich wieder zu seinen KDV-Büchern und den ungeliebten Tätigkeiten als ›Jäger Kowalski‹ zurück.

Aber er nutzte das Manöver für seine geplante Kriegsdienstverweigerung. Vorher hatte er sich schon eine Strategie zurecht gelegt und eine Begründung geschrieben. Es fehlte ihm nur noch ein passender Anlass, um den Antrag zu stellen. Der kam an dem Abend, als er mit scharfer Munition Wache schieben sollte und er bei Eventualfällen hätte auf Menschen schießen müssen. Diesen Schießbefehl verweigerte er und zusätzlich gleich auch den Kriegsdienst mit der Waffe aus Gewissensgründen, nach § 4, Abs. 3 des GG – wohl wissend und in Kauf nehmend, dass er für diese Befehlsverweigerung hätte in den ›Bau‹ gehen müssen. Er hatte jedoch Glück, denn sein ›Lefti‹ (Leutnant) war von der menschlichen Abteilung: »Ja, wenn Sie das nicht mit ihrem Gewissen vereinbaren können, Jäger Kowalski, dann nehme ich halt einen anderen Jäger. Kein Problem.« Da war Danny aber baff: so einfach hätte er sich das nicht vorgestellt. Nun hatte also Danny den ›Kriegsdienst mit der Waffe‹ verweigert und wurde ein KDV‹ler. Dadurch lernte er endlich, sein Leben in die eigenen Hände zu nehmen. Als Einzelkämpfer gegen militärische Institutionen und Pflichten, gegen schikanierende Uffze und Stuffze (Unteroffiziere und Stabsunteroffiziere) lernte er schnell einzustecken, aber auch auszuteilen, kurz: er entwickelte Selbstbewusstsein durch eine unfreiwillige Militärstählung.

Recklinghausen, den 12. Juli 1971

Mein lieber Danny,

nach meinem Besuch bei Dir im Manöver sind jetzt auch schon wieder ein paar Tage vergangen. Es tut mir ja so leid, dass wir uns letztens beim Spaziergang im Sennelager gestritten haben. Ich wollte Dir doch nicht weh tun, als ich Dir von meinen Wochenend-Unternehmungen erzählte. Ich dachte mir, dass es Dich vielleicht eher erfreut, von mir zu hören, dass es mir gut geht, auch wenn Du nicht da bist. Aber jetzt bist Du wieder in Deiner Kaserne in Wildeshausen; und ich bin in Gedanken bei Dir und wärme Dir Dein Herz.

›Schenk mir klare Augen, der Menschen Weh zu sehn.
Und schenk mir feine Ohren, ihr Rufen zu verstehn.
Schenk mir flinke Hände, für aller Menschen Leid,
und Liebe, zarte Worte für unsere harte Zeit!
Schenk mir flinke Füße zu dienen Deiner statt
bis jeder meiner Brüder den tiefsten Frieden hat.‹

Jetzt sind es ja bis zum Wochenende nur noch ein paar Tage, bis wir uns wieder in den Armen liegen können.

mit großer Liebe und tausend Küssen
Deine Nicole

Dieses Mal war es an Danny, seiner Nicole sofort zurückzuschreiben:

Wildeshausen, den 14. Juli 1971

Meine geliebte Nicole,

vielen Dank für Deinen schönen Brief. Ja, Du hast recht, wir wollen uns doch nicht streiten, wenn wir uns schon mal sehen können, was doch so selten vorkommt. Ich habe es Dir ja schon bei Deinem Besuch im Sennelager erzählt: ja wirklich, ich bin nun Kriegsdienstverweigerer! Das ist schon ein extrem merkwürdiges Gefühl, so als einziger KDV‹ler unter Hunderten von Fallschirmjägern zu wohnen. Ich erzähl Dir mal, was die Kameraden so mit mir machen: im Manöver gerieten sie ja nahezu außer Rand und Band. Wie letztens im Wald, als die Manöverpatronen aufgebraucht waren. Das sind so Patronen, die nur knallen, aber

43

nicht ›scharf‹ sind. Da bewarfen sie mich halt mit Eicheln und riefen: ›Peng! Du bist tot!‹ Ganz schön verrückt, die Burschen, was? Diese Woche waren wir wieder draußen im Gelände zum Rödeln, so dass ich erst jetzt zum Schreiben komme. Mittlerweile bin ich hier auch sportmäßig durch das regelmäßige Training für die Springerprüfung topfit. Ich freue mich schon aufs Wochenende, wenn wir uns wiedersehen werden. Dann möchte ich mal kriminell werden, denn ich möchte endlich mal mit Dir bumsen.

Bis dahin küsse und umarme ich Dich
Dein Danny

> *›In der Liebe versinken und verlieren sich alle*
> *Widersprüche des Lebens. Nur in der Liebe sind*
> *Einheit und Zweiheit nicht in Widerstreit.‹*
> *Rabindranath Tagore*

Da Danny schon 19 Jahre alt und Nicole erst 15 Jahre jung war, wäre das 1971 ›Unzucht mit Minderjährigen‹ gewesen, also kriminell. Darauf bezog sich Dannys Wunsch, mit Nicole kriminell zu werden. Leider war für Danny die erhoffte Erholung am Wochenende mit Nicole auch nicht immer gegeben. Durch seine häufige Abwesenheit hatte sie zu Hause in Recklinghausen immer wieder neue Freier, die gerne mit ihr gehen wollten. Na ja, sie sah ja auch toll aus und war vor allen Dingen eine Frau mit Grips, mit der man sich gerne über alles Mögliche unterhielt. So berichtete Nicole ihm von einem neuen Rivalen aus Wanne-Eickel, dem Joachim. Sie hatte da auch gleich was arrangiert, um sich Klarheit über diese Angelegenheit zu verschaffen. Für Dannys freies Wochenende hatte sie einen gemeinsamen Besuch im Freibad arrangiert. So lernte Danny also diesen Joachim persönlich kennen. Gemeinsam verbrachten sie einen an sich schönen Tag im Stimberg-Bad bei Oer-Erkenschwick. Danny fand Joachim eigentlich ganz sympathisch mit seinen achteckigen Brillengläsern. Sie spielten zusammen Federball auf der Liegewiese und badeten im Schwimmbecken. Na ja, es war Sommer, und Danny war so gut in Form wie noch nie im Leben. Da hatte er keine Angst vor keinem Rivalen. Aber es war schon eine merkwürdige Situation zu wissen, dass Nicole sie beide bei allen ihren Bewegungen und Äußerungen beobachtete, um heraus zu finden, mit wem sie ihre Zukunft verbringen wollte. Dabei hatte Danny genau in diesem

Freibad mit Nicole schon ganz andere Erfahrungen gemacht, als sie beide, nur mit Badezeug bekleidet, auf ihrer Decke liegend in den Clinch gingen.

Aber jetzt sollte es so eine Art Bachelor-Casting-Show der frühen 70er Jahre geben. Danny war zwar ins ›Finale‹ gekommen, aber er fühlte sich merklich beklommen bei dieser Veranstaltung. Ja, und was war das Resultat? Nach einigen gemeinsamen Stunden verließen sie zusammen den Stimberg-Freizeitpark und warteten draußen auf den Bus nach Recklinghausen. Von bösen Ahnungen durchdrungen, starrte Danny dabei in die untergehende Sonne. Da hatte er noch stundenlang was von. Die Sonne hatte sich in sein trauriges Auge eingebrannt. Auch, als sie schon längst untergegangen war, sah er immer noch den Sonnenball vor seinem inneren Auge brennen. Vor dem Hauptbahnhof in Recklinghausen bat dann Nicole, dass Danny hier auf sie warten möchte. Sie wolle noch Joachim zu seinem Zug nach Wanne-Eickel bringen. »Das heißt dann wohl, dass …«, stammelte Danny ungläubig und unendlich traurig. Er dachte den zweiten Teil des Satzes nur still vor sich hin: »du dich für ihn entschieden hast …!?« Da saß er nun auf einem großen Stein vor dem Hauptbahnhof, ohne sich wegrühren zu können. Er war wie paralysiert. Schließlich kam Nicole nach einiger Zeit aus dem Bahnhof zurück, und gemeinsam gingen sie zu ihr. Dabei redete sie Klartext, und zwar recht salomonisch für ihr Alter. »Schau, Danny, ich weiß gar nicht, warum du so traurig schaust. Ich habe doch nur Joachim zu seinem Zug gebracht und mich dabei von ihm verabschiedet.«

»Aber ich dachte«, stammelte Danny weiter, »du hättest dich für ihn entschieden …?«

»Nein, du Dummer, hab ich nicht! Aber du hättest mich doch auch einfach danach fragen können, oder?«

»Aber ich dachte, weil …«, konnte Danny sein Glück kaum fassen.

»Sieh mal, Danny. Ich mag euch beide gerne. Ich hätte nicht sagen können, dass mir einer von euch beiden besser gefiel. Da hab ich mir einfach gedacht: wir beide sind jetzt schon länger zusammen. Und dir hätte es viel mehr weh getan als Joachim, der mich ja noch kaum kennt. Also hab ich mich für dich entschieden …!«

»Oh wirklich. Das ist ja toll.« Neuer Lebensmut drang durch Dannys Seele und Körper. Und er umtanzte seine Nicole und umarmte sie inniglich.

»Ja, jetzt komm erst mal mit zu mir nach Hause …«

Dann war es für Danny ja doch noch mal gut gegangen: der erste ernstzunehmende Rivale war ausgeschaltet worden. Dieses ganze Unbill mit dem Mann aus Wanne-Eickel hatte auch Nicole noch nicht vergessen, als sie Danny beim nächsten Mal schrieb.

Greven, den 01. August 1971

Mein lieber Danny,

es tut mir ja so leid, dass ich Dir anscheinend ziemlich weh getan habe, als wir diesen gemeinsamen Tag im Freibad mit Joachim hatten. Ich wollte Dir wirklich nicht weh tun, aber andererseits habe ich mir Klarheit über meine Gefühle verschaffen können. Und das ist viel wert. Mittlerweile hat sich bei uns beiden ja schon wieder alles gut eingerenkt und wir hatten ja am letzten Wochenende in Recklinghausen noch einen schönen Abend zusammen. Und wie ich es Dir schon beim letzten Mal angekündigt habe, bin ich jetzt diejenige, die sich im ›Manöver‹ befindet. Ich habe es geschafft, eine dreiwöchige Ferienarbeitstelle in der Nähe von Greven zu bekommen und wohne da beim Bauern Huckriede. Ich verbringe meine Arbeit hier mit Haushaltshilfe und leichten Tätigkeiten auf dem Hof. Seit ich hier bin, habe ich mich schon gut eingearbeitet, und es sind jetzt schon wieder ein paar Tage vergangen. Ich habe bei der Bauer-Familie Huckriede nachgefragt, ob Du mich hier besuchen kannst. Frau Huckriede hat nach einigen Tagen Nachdenkens zugestimmt, weil sie mit meiner Arbeit zufrieden ist. Sie sagt, Du kannst im Heu schlafen. Dazu solltest Du Dir Deinen Schlafsack mitbringen. Du darfst auch mit uns essen. Es wäre für alle genug da. Ich habe ja hier auch Kost und Logis frei. Ich dachte mir, dass es Dich bestimmt sehr erfreut, erst von mir zu hören, nachdem ich das für Dich geklärt habe.

›anders ist der Abend:
halte die Ankunft fest
mit anderen Worten
als die Abfahrt –
anders ist der Abend:
die Segel gerefft –
die Fische entschlüpfen
den Netzen –
anders ist der Abend:
die letzte Seite eines Buchs,

das das Glück bezeugt
anders ist der Abend:
beginne ein neues Buch,
das weniger traurig endet‹
Jetzt sind es ja bis zum Wochenende nur noch ein paar Tage, bis wir uns wieder
in den Armen liegen können.
mit viel Liebe und noch mehr Küssen
von Deiner Nicole

P.s.: Hier hast Du meine Adresse für Post und Deinen Besuch:
    Nicole Lieberberg, c/o: Bauer Huckriede, Ladbergener Landstr. 107, 4826 Greven

Danny war hoch erfreut, als er Nicoles Brief aus dem Münsterland bekam und
schrieb ihr sofort zurück nach Greven.

Wildeshausen, den 3. August 1971

Meine geliebte Nicole,
vielen Dank für Deinen schönen Brief. Ja, da hast Du recht. Da habe ich mich
sehr drüber gefreut, als ich las, dass ich Dich in Greven besuchen darf.
    Hier bei mir in der Kaserne ist auch allerlei geschehen. Nicht nur in der Ka-
serne, sondern auch in der Wildeshauser Geest, wo wir uns als Fallschirmjäger
oft herumtreiben. Hier gibt es Hünengräber mit Namen wie ›Visbecker Braut‹
und hier liegt auch mit dem ›Visbecker Bräutigam‹ das längste Großsteingrab
Niedersachsens. Dort gab es die Vereidigung für unsere gesamte Kompanie, aber
ohne mich. Denn Du weißt ja, dass ich neben der KDV auch noch Eid-Verweigerer
bin. Ich freue mich jedenfalls schon aufs Wochenende, wenn ich Dich im Müns-
terland besuchen werde.
    Bis dahin küsst und umarmt Dich
    Dein Danny

›Liebe, die nicht Tat wird, ist keine Liebe.‹
Ricarda Huch

So besuchte Danny also seine Nicole am nächsten Wochenende in der Nähe
von Greven. Das hatte er sich fein ausgedacht. Eine Gruppe Kameraden aus

seiner Stube fuhr am Freitagnachmittag übers Wochenende mit Willis R 4 nach Hause in den Aachener Raum. Das war seine Richtung, und er konnte mitfahren. Willi ließ ihn an der Abfahrt Greven raus. Er verabredete mit Danny, ihn um ca. 18.00 Uhr am späten Sonntagnachmittag genau an derselben Stelle wieder aufzulesen.

Das Wochenende im Münsterland mit Nicole verlief harmonisch. Alles passte und lief wie erwartet. Danny schlief in den beiden Nächten in seinem Bundeswehr-Schlafsack auf dem Heuschober, und Nicole besuchte ihn da. Beide Male schlief sie die ganze Nacht bei ihm im Heu: toll – toll. So verbrachten sie erstmals eine ganze Nacht gemeinsam und zusammen. Die Bauerfamilie merkte nix oder schaute einfach weg. Sie waren ja mit Nicoles Arbeit zufrieden, die neben Kost und Logis nur ein Taschengeld bekam. Als es zum Sonntagnachmittag kam, erlebte Danny eine ziemliche Überraschung. Das ganze Wochenende war affenheiß gewesen. Die Sonne hatte von einem wolkenlosen Himmel geschienen. Aber am Sonntag zogen erst Wolken auf und kam auch noch Wind dazu. Nicole brachte ihn zu Fuß zur Autobahnabfahrt Greven, die nur ein paar Kilometer vom Hof des Bauern Huckriede entfernt lag. Sie schaffte es gerade noch, trockenen Fußes wieder zurück auf den Hof zu kommen. Aber Danny wurde von einem enormen Wolkenbruch überrascht. Nachdem er an der Abfahrt schon total nass geworden war, dachte er sich: »Da kann ich mich auch direkt auf der Autobahn unter die Brücke stellen.« Allerdings rechnete Willi an dieser Stelle noch nicht mit ihm. Dazu kam, dass viele Autos wegen des schüttenden Regens mit eingeschaltetem Fernlicht fuhren, obwohl es noch nicht eigentlich dunkel war. Das alles mögen die Gründe dafür gewesen sein, dass Willi Danny nicht bemerkt hatte. Danny wartete und wartete und gab dann irgendwann auf. Er ging zurück zur Abfahrt, wo sich auch eine Autobahn-Polizeistelle befand. Dort berichtete er von seinem Malheur. Die Polizisten waren voller Mitgefühl, konnten ihm aber auch nicht helfen. Allerdings riefen sie für ihn in seiner Kaserne in Wildeshausen an und berichteten, dass ihr Jäger Kowalski heute wohl sehr spät zurück kommen würde. Sie sollten sich dort gedulden. Ihm sei nix passiert. Während er mit den Polizisten diskutierte, was man da wohl sonst noch machen könnte, hielt an der Autobahnpolizei-Dienststelle eine Gruppe Soldaten an, die noch weiter bis Bremen mussten. Die nahmen Danny kurzerhand mit und ließen ihn an der Autobahnabfahrt Wildeshausen raus. Inzwischen war es schon Nacht geworden, aber glücklicherweise regnete es nicht mehr. Jetzt musste Danny nur noch die letzten 6 Kilometer bis zur Wittekind-Kaserne zu Fuß laufen. Dort wurde er schon erwartet. Aber er bekam keinen ›Diszi‹, sondern man nahm es mit Humor. Er hatte es ja noch bis Mitternacht geschafft.

Wieder zurück im Wildeshausener Kasernen-Alltag. Da erlebte Danny seinen Auftritt als UvD (Unteroffizier vom Dienst), was jeder reihum mal machen musste. Das hieß, man musste die ganze Nacht aufbleiben, im Eingangsbereich rumhängen und nachts den Portier seiner Kompanie mimen, um eventuell zu spät gekommene Soldaten in der Nacht reinlassen. Aber es gehörte auch zu den UvD-Aufgaben, am nächsten Morgen alle Kameraden in der ganzen Kompanie um 06.00 Uhr zu wecken. Danny hatte sich dafür was Besonderes einfallen lassen. Er hatte auf seinem tragbaren Kassettenrekorder die passende Hymne für Soldaten aufgenommen, nämlich ›Spiel mir das Lied vom Tod‹ von Giorgio Moroder. Damit ging er in die einzelnen Stuben mit den schlafenden Kameraden und drehte den Rekorder auf volle Lautstärke auf. Ziemlich makaber, wenn dann der tiefe melancholische Einsatz der Mundharmonika am Anfang des Stückes durch die Stuben waberte, aber das hatten sie davon, seine lieben Kameraden, spielten sie doch mit dem Tod, oder …?

›Soldat, Soldat, in grauer Norm,
Soldat, Soldat, in Uniform,
Soldaten sehn sich alle gleich,
lebendig und als Leich …!‹

Das Wochenende verbrachte er wieder bei Nicole im tiefsten Münsterland, die ihm ein paar Tage vorher einen Brandbrief gesandt hatte:

Greven, den 10. August 1971

Mein lieber Danny,
Hol mich hier raus. Du musst mich retten. Kaum warst Du weg, nach unserem so schönen gemeinsamen Wochenende hier im Heu, da wurden die Huckriedes ruppig. Alles, was ich machte, gefiel ihnen nicht mehr. Überall nur noch Gemecker. Das halte ich nicht mehr aus. Wenn Du am Wochenende kommst, dann fliehen wir gemeinsam von hier. Gut, dass es jetzt bis zum Wochenende nur noch ein paar Tage sind, bis Du mich hier raus holen wirst.

›Lasst hundert Blumen blühen.
Der Garten ist offen.‹
mit dankbarer Liebe von Deiner Nicole

P.s.: Sag den Huckriedes nichts davon. Nicht, dass die noch meine Eltern benach-
richtigen. Wir müssen hier heimlich verschwinden.

Und so geschah es dann. Danny fuhr am Freitag mit dem Zug von Wildeshausen nach Greven. Den ganzen Tag berieten sie, wie sie des Nachts fliehen
sollten. Nicole hatte schon heimlich ihre Tasche gepackt und ihnen etwas
Verpflegung und Getränke besorgt. Sobald es dunkel geworden war, schlich
sich Nicole aus dem Bauernhaus über die Tenne in den Heuschober. Dort traf
sie sich mit dem wartenden Danny, und gemeinsam flohen sie von Huckriedes
Hof. Im Schutze der Dunkelheit war das relativ einfach. Es war allerdings
trotz des Hochsommers sehr feucht in den Feldern. Deshalb hatte sich Danny
seinen Bundeswehr-Schlafsack wie einen riesigen Kunststoff-Parka angezogen.
Der beschichtete Schlafsack war wasserdicht, hatte Arme zum reinschlüpfen
und eine Kapuze. Unten konnte man mit einem Reißverschluss das Beinteil
aufziehen und nach hinten klappen, sodass man darin auch gut gehen konnte.
Da es in der Nacht kühl geworden war, hatte sich Nicole ihre Wolldecke über
die Schultern gehängt. Ihre Reisetasche trugen sie zwischen sich. Immer wenn
ein Auto mit aufgeblendeten Scheinwerfern die Straße entlang kam, warfen
sich die beiden in den Straßengraben. Erst schnappte sich Danny Nicoles
Reisetasche und sprang dann gut geschützt von seinem BW-Schlafsack in
den feuchten Graben. Nicole sprang hinterher, auf ihn drauf, und stülpte sich
schnell noch die Decke über, sodass sie gut getarnt vor Entdeckung waren.
Denn sie wollten doch nicht bei der Flucht schon nach ein paar Kilometern
wieder eingefangen werden. So tippelten sie langsam zum Bahnhof Greven.
Am frühen Morgen nahmen sie den ersten Zug nach Münster und flüchteten
von dort aus weiter ins Ruhrgebiet. Nicoles verständnisvolle Oma Annemarie
wohnte in Datteln, und bei ihr konnten sie beide für den Rest des Wochen-
endes Unterschlupf finden.

Und am Sonntagabend verabschiedeten sie sich in treuer Eintracht, bevor
Danny wieder in seine Kaserne zurückfuhr. Dort dachte er nur an das nächste
Wochenende, was er sich auf keinen Fall vermasseln lassen wollte. Denn das

Wochenende war jedem Soldat heilig, war es doch die einzige Gelegenheit, in die Heimat zu fahren und seine Lieben zu besuchen. Zwar war in der Kaserne nichts vorgefallen, was seinen Wochenendurlaub verhindert hätte, aber bei seiner Love-Affair mit Nicole dräuten dunkle Wolken an ihrem vormals siebenten Himmel. Seit er Nicoles letzten Brief bekommen hatte, war er angefüllt mit schweren ahnungsvollen Gedanken. Unfroh erkannte er, dass ihre Beziehung leider nicht für immer und ewig gut gehen würde. Sie nahm nämlich auf einmal ein ganz bitteres und plötzliches Ende. Früher, am Anfang ihrer Beziehung, hatten sie sich immer gegenseitig gesagt, dass Von-einander-Träumen unrealistisch sei. Und zwar in dem Sinne, dass sie ja einander hatten, da bräuchten sie nicht von einander zu träumen. Und dann geschah es Danny in seinem Kasernenbett. Er war weit weg von Nicole und träumte tatsächlich in diesen Tagen einmal von ihr. Und siehe da, im Nachhinein erfuhr er von ihr, dass sie sich just zu diesem Zeitpunkt zu Hause in Recklinghausen innerlich von ihm gelöst hatte. Spätestens als er den besagten Brief bekam, wurde es ihm klar.

Recklinghausen, den 3. September 1971

Lieber Danny,

dieses Mal ist es ein sehr trauriger Anlass, Dir zu schreiben. Ich habe beschlossen, mich von Dir zu trennen. Wenn Du am Freitag mit dem Zug nach Recklinghausen kommst, werde ich am Hauptbahnhof auf Dich warten. Es ist egal, wann Du kommst. Wir werden uns schon treffen. Ich werde halt solange warten, bis Du da bist. Es ist mir wichtig, Dir alles persönlich zu erklären. Aber soviel schon mal vor weg: in der letzten Zeit hat sich mein Leben geändert. Ich habe neue Menschen getroffen, die Rauschmittel nehmen, halt Haschisch kiffen. Und ich weiß ja von Dir, dass Du das nicht magst. Das hast Du mir ja damals am Anfang unserer Beziehung im Februar selber gesagt. Außerdem mag ich es auch überhaupt nicht, wie Du Dich in der letzten Zeit immer damit gebrüstet hast, schon zum Sonntags-Frühschoppen 3 – 4 Flaschen Bier mit Deinem Vater getrunken zu haben, bevor Du am Sonntagnachmittag zu mir nach Recklinghausen kamst. Und im Übrigen find ich auch Dein Getue um den Wunsch nach Sex mit mir reichlich naiv, wenn Du schreibst: ›Du möchtest kriminell werden und Unzucht mit einer Minderjährigen haben‹. Nur weil Du 19 Jahre bist, und ich 15 Jahre alt bin. Warum warst Du da nicht tatkräftig? Warum hast Du mich nicht ganz einfach und direkt danach gefragt?

Nicole

Das stimmte ihn allerdings total traurig. Er war hin und her gerissen zwischen Verzweiflung und Flucht. Aber er fuhr natürlich doch am Freitag von Wildeshausen nach Recklinghausen. Als Danny über Nicoles Brief nachdachte, da musste er ihr natürlich recht geben, zumindest was das Biertrinken mit seinem Vater anging. Sonst trank er ja nie Bier, auch nicht im Casino der Kaserne, weil er sich immer mit KDV-Lektüre beschäftigte und dafür einen klaren Kopf brauchte. »Wahrscheinlich war es eine Mischung aus Frust wegen der Bundeswehr und Mut-Antrinken für die nächste Herausforderung dort, die ihn diese riesigen Mengen Bier sonntagvormittags trinken ließ?« Das wusste er auch nicht so recht. »Aber das wäre doch änderbar«, dachte er sich. Und tatsächlich hörte er von dem Moment an komplett auf mit der Biertrinkerei.

»Na ja, das mit den Drogen, das hab ich wirklich damals im Februar gesagt. Aber man kann sich doch auch im Laufe der Zeit ändern.« Nicht, dass Danny sich schon bezüglich seiner Einstellung zu Drogen geändert hatte, aber er hätte es sich zumindest vorstellen können. »Aber das mit meiner angeblichen Naivität wegen des Sex-Wunsches, das finde ich aber jetzt ziemlich ungerecht. Erst lässt sie mich nicht ran. Und dann beschwert sie sich auch noch, dass ich sie nicht direkt darauf anspreche. Mann-Mann-Mann!« Andererseits musste er ihr natürlich im Nachhinein recht geben, dass man so was auch anders hätte besprechen können. Aber er war ja nur ein erbärmlicher Schüchterling. Letztlich hatten leider bei ihrem Zusammentreffen alle seine Argumente nichts mehr genützt. Sie wollte sich schon vorher von ihm trennen und tat es dann auch vor dem Hauptbahnhof Recklinghausen, unter vielen Tränen von beiden Seiten. Der wahre Grund für Nicoles Trennung kristallisierte sich für ihn recht schnell heraus. Während Dannys Bundeswehrzeit hatte sie die Bekanntschaft mit neuen jungen Menschen gemacht, die regelmäßig illegale Drogen konsumierten. Und Nicole fing dann auch mit den Drogen an, rauchte mit ihnen Haschisch oder Marihuana. Im Gegensatz zum Nichtraucher Danny fiel ihr das als Zigarettenraucherin auch gar nicht so schwer.

Jedenfalls dachte sie, das mit den Drogen wäre nichts für Danny, und machte Schluss. Sie versicherte ihm immerhin zum Abschied, dass sie keinen Neuen habe und dass das auch nicht der Grund für die Trennung sei. Danny erfuhr den großen Schmerz des ersten Liebeskummers: Tränen, Trauer und Ungläubigkeit, dass alles vorbei sein sollte. Er heulte zu Hause bei seiner Mutter am Küchentisch Rotz und Wasser, als er ihr alles erzählte. Marie versuchte zwar, ihren unglücklichen Sohn zu trösten, kam aber nicht recht an ihn heran. Da hatte er erst mal dran zu knacken. Aber er hatte ja noch seine Freunde – wenigstens das. Die konnten ihm mit Rat und Trost zur Seite stehen. Das half ihm fürs Erste über die bohrende Leere hinweg, die guten Gespräche mit seinen Dattelner Freunden Frankie, Micke und Florian.

Als er im Oktober 1971 endlich als KDV anerkannt und dadurch die lang ersehnte Befreiung von der Bundeswehr Wirklichkeit wurde, lag die Trennung leider schon einen Monat zurück.

Danach räumte Danny seinen Spind in der Fallschirmjägerkaserne für immer leer und packte alles, was er von Nicole geschenkt oder erhalten hatte, zusammen. Alle Briefe, die teilweise immer noch leicht nach Maiglöckchen dufteten, Fotos und das Panda-Bärchen, alles, was ihn an sie erinnerte, verstaute er in ein kleines Päckchen und sandte es ihr nach Recklinghausen, nur mit einem einzigen Kommentar versehen:

Datteln, den 21. Oktober 1971
an Nicole,
Du hast mir mal gesagt, Du magst Müll. Bitte sehr, hier hast Du was zu diesem Thema …
von Danny

Das war nicht gerade nett von Danny, das war eher böse. Aber er war halt so maßlos von Nicole enttäuscht, dass er nicht anders konnte.

Nachdem er sich von der Trennung einigermaßen bekrabbelt hatte, lenkte Danny seine bittere Enttäuschung in eine andere Form von Leidenschaft ins Briefkuvert …

Turning Point

Erst eine seiner vielen Brieffreundinnen in aller Welt hatte Danny bisher live und leibhaftig bei ihr zu Hause besucht: 1970 Suzanne Moses in London. Und dann kam das Jahr 1971, ein Wendepunkt in Dannys Leben, sein so genannter ›Turning-Point‹: er besuchte seine dänische Brieffreundin Inger-Lise Hansen in Vandel bei Veilje. Mit ihr hatte er sich schon zwei Jahre lang geschrieben, von 1968 bis 1970. Als er aber 1971 zu Hause vollauf mit seiner ersten Liebe Nicole beschäftigt war, schlief diese Brieffreundschaft wie alle anderen auch rasch ein. Aber dann kam die Trennung von Nicole, die ihn gerade verlassen hatte. Er hatte sie zudem auch noch in Recklinghausen Arm in Arm mit einem anderen gesehen, einem langhaarigen Typen. Das tat schon sehr weh. Da Danny im Spätsommer/Frühherbst 1971 überraschend Urlaub von der Bundeswehr bekam und zudem kurz vor seiner KDV-Verhandlung stand, dachte er sich sehr pragmatisch: »Was mach ich jetzt mit meinem Urlaub? Warum soll ich nicht mal meine dänische Brieffreundin Inger-Lise besuchen?« Sie war doch anscheinend ein süßes Girl mit ihren langen hellblonden Haaren, wenn er sich die ganzen Fotos von ihr anschaute, die er im Laufe ihrer langen Brieffreundschaft bekommen hatte. Kurz entschlossen ließ er den eingeschlafenen Briefwechsel wieder aufleben und schrieb ihr spontan von seinem Besuchswunsch.

Datteln -> Vandel bei Veilje, the 10th of Sept, 1971
My dear Inger-Lise,
I hope you feel allright? Now I‹ve a big surprise for you. After so many years of our nice penship now the great moment will come, that we‹ll meet us in reality. I have the plan to visit you in two weeks in Denmark, about end of September 1971, if you‹ll have nothing against it. If you accept that, I would take the train from here to Hamburg, then I would change there in the ›Nordpilen‹ until Veilje. From there I would probably find you in Vandel, because I‹ve your address there. I‹ll have only two weeks of holiday from the military-service, so I would be able to stay at yours for about one and a half weeks. Please, write me soon that I know, whether I can visit you.
* In love with thousands kisses*
* from Your Danny*

Danny war angenehm überrascht, dass er schon nach einer Woche eine positive Antwort von Inger-Lise erhielt. Und sie schrieb ihm nur Gutes.

Vandel, the 15th of Sept. 1971

Dearest Danny,
I am very glad, that you will visit me. I asked my pa-
rents, and they allow it, that you can visit me and stay
at our house. So we‹ll make a party to your birthday,
because in this time you‹ll have your 20th birthday. And
we and our friends are very curies to you. At least we‹ll
have some fun together with you. Please write me very
quickly, at which day you‹ll arrive here at me.
I‹m looking forward to you.
With love and kisses from your
Inger-Lise

Das ließ sich Danny nicht zweimal sagen. Sofort machte er sich auf den Weg zum Bahnhof und besorgte sich Hin- und Rückfahrt-Tickets für die Strecke ›Recklinghausen – Veilje‹. Dann setzte er sich an seinen Schreibtisch und antwortete ihr in aller Kürze:

Datteln, the 20th of Sept, 1971

My dearest Inger-Lise,
I‹m so happy and excited, that I can visit you. Finally we‹ll meet us. Today I
bought the train-tickets to you. I shall arrive in Denmark at the 24th of Sept. 1971.
In love with many kisses
from Yours Danny

Unterwegs nach Dänemark erlebte Danny einen Wendepunkt in seinem Leben, als er gleichzeitig das so beeindruckende ›On the road‹ von Jack Kerouac las und lebte. Auffälligerweise begann der erste Satz in ›Unterwegs‹ ungefähr folgendermaßen: »*Nicht lange, nachdem meine Frau und ich uns getrennt hatten, …. begann der Teil meines Lebens, den man mein Leben auf den Straßen nennen könnte.*«[1] Und genau solches war Danny ja gerade vor einigen Wochen selbst passiert, als das Ende seiner Beziehung zu Nicole ihn aus wohligen Liebesgefühlen nahezu sprichwörtlich in die Freiheit warf, wo er auf dem re-

---

1   Jack Kerouac – ›Unterwegs‹, Reinbek bei Hamburg 1968, S. 7

alistisch hartem Pflaster der Straße landete. Nämlich unterwegs. Dort wurde ihm der Geruch von abenteuergeschwängertem Wind derartig in die Nase eintätowiert, dass er seitdem seine Lebenstriebe so stark betörte wie die Leidenschaft der Lemminge für das Nacktbaden im Meer.

Da Danny seine KDV-Verhandlung erst einen Monat später hatte, fuhr er also im September 1971 nach Dänemark, um seine Brieffreundin Inger-Lise zu besuchen. Und zwar mit dem Zug namens ›Nord-Pilen‹ bis nach Veilje. ›Nordpfeil‹ hieß der Zug, der durch Jütland fuhr. Veilje BK war damals in Deutschland ein bekannter Fußballverein. Selbst Inger-Lise war Veilje BK-Fan, wovon ein Poster an ihrer Zimmerwand zeugte. Von Veilje ging es mit dem Überlandbus ›Fra kyst til kyst‹, also von Küste zu Küste quer durch Jütland, von der Ostsee zur Nordsee. Sechs Kilometer vor Billund, bekannt heute wegen Legoland, stieg Danny in Vandel aus, einem kleinem verschlafenen Nest. Er fand rasch die Straße und die Hausnummer und klingelte dort. Aber nur ein Bellen war die Antwort. Das war der Cockerspaniel Tjam, wie er bereits durch ihre Briefkorrespondenz wusste. Weil noch kein Mensch zu Hause war, legte sich Danny solange in den Vorgarten auf die Wiese, bis auf einmal zwei frische blonde Skandinavierinnen um die Ecke bogen. Da war die Freude groß. Die eine mit rotblondem Kurzhaarschnitt und größer. Das war dann wohl ihre ältere Schwester Jytte. Wogegen Inger-Lise lange hellblonde Haare hatte, schlank, klein und hübsch war: zum Verlieben halt. Und beide hatten Sommersprossen. Mit diesen beiden blondblühenden Däninnen hütete Danny für zwei Wochen alleine das Haus und manches andere, da deren Eltern beide auf Dienstreise waren. Deshalb war fast die ganze Zeit seines zweiwöchigen Aufenthaltes dort die Bude voller junger Leute. Alle Freunde und Freundinnen wollten Inger-Lises Brieffreund Danny aus Tyskland (Deutschland) kennen lernen. Das war ganz lustig, und es wurde auch viel Bier getrunken. Danny feierte dort sogar zum ersten Mal seinen Geburtstag im Ausland, nämlich den Zwanzigsten.

Allerdings kam es bei Inger-Lise und Danny nie zu einer Liebesbeziehung. Zwar küssten und umarmten sie sich öfter, aber mehr war wohl nicht drin. Vielleicht war sie einfach noch zu jung. Gelegenheiten gab es ja häufig, wenn sie in ihrem Zimmer Musik hörten. ›Sticky Fingers‹ von den Rolling Stones oder ›Odgens nut gone flake‹ von den Small Faces. Und dabei flezten sie sich auf ihrer Bettcouch rum. Aber wenn sie in inniger Umarmung lagen, und sie ihre Arme um ihn schlang, klopfte sie ihm dabei immer mit ihren Fäusten auf den Rücken, so als wollte sie ihren Hund beruhigen. Das irritierte Danny allerdings sehr.

Er erlebte trotzdem viel dänisches Leben, ging sogar einen Tag mit zu der Schule der beiden Girls und wurde von den Dänen mit ihrer Sprache veräppelt. Wie jeder Fremde musste er vorlesen ›*Röd gröd med flöde*‹, also das dänische Nationaldessert Rote Grütze mit Sahne. Er las brav so was wie ›*Röt gröt mett flöte*‹, was natürlich zu Gelächter der jungen Leute führte, denn richtig wäre gewesen: ›*Röll gröll mell flöße*‹, allerdings mit viel englischem ›th‹ und mit der Zunge im Gaumen gerolltem ›L‹.

Mit Inger-Lise und Danny wurde es ja dann tatsächlich nie was. Sie wirkte mit ihren 15 Jahren damals im September 1971 noch sehr viel jünger als die gleichaltrige Ex-Freundin Nicole. Inger-Lises 16. Geburtstag folgte erst im November 1971. Da verwunderte es nicht, dass sie beim Knutschen und Umarmen immer so unbeholfene Bewegungen machte. Sie war wahrscheinlich noch genauso Jungfrau wie Danny in dieser Zeit.

Als Danny von Dänemark zurück nach Deutschland kam, neigte sich plötzlich, aber nicht unerwartet, seine Bundeswehrzeit dem Ende zu. Der Termin für seine KDV-Verhandlung vor dem Amtsgericht Recklinghausen war am 12.10.1971. Wie erhofft, erlangte er offiziell seine Anerkennung, den Kriegsdienst mit der Waffe zu verweigern. Umsonst war die Zeit beim Bund aber nicht gewesen: erst lernte er als Einzelkämpfer gegen militärische Institutionen und Pflichten, gegen schikanierende Uffze und Stuffze, schnell einzustecken, aber auch auszuteilen. Kurz: Danny erarbeitete sich ein enormes Selbstbewusstsein durch eine fünfmonatige Militärstählung. Er floss über vor Selbstvertrauen. Und dann kam die erfolgreiche Verweigerung des Kriegsdiensts dazu. Als staatlich anerkannter und geprüfter Friedensschauspieler zog er also endlich das Trikot der Fallschirmjagenden Army-Hypochonder aus, um in das zeitlose Blühen eines Freak-Lebens einzutauchen. Auch konnte er endlich das Militärhaarnetz, diese lächerliche Oma-Verkleidung für Langhaarige, für immer abstreifen und die Zotteln frei wehen lassen.

Und was wurde aus den Däninnen? Bei seinem dritten Besuch bei Inger-Lise 1973 lernte Danny ihre ältere Schwester Jytte näher kennen. Sie verliebten sich und wurden ein Liebespaar und reisten dann per Autostop für drei Monate durch Jugoslawien, Griechenland und Italien. Später arbeiteten beide in einem Schweizer Hotel in St. Moritz. Und nach der langen Reise zog Jytte sogar nach Deutschland. Zuerst konnte sie bei Danny in Datteln wohnen, bevor sie schließlich in einem Recklinghäuser Schwesternheim einzog. Denn sie absolvierte dort im Krankenhaus ein Praktikum. Aber 1974 trennten sich ihre Wege wieder; Jytte zog zurück nach Dänemark.

Und was war für Danny geblieben? Er hatte zwei Semester Dänisch an der Ruhr-Universität Bochum studiert und kann heute noch etwas Dänisch ›snakken‹. Außerdem behauptet er weiterhin, wie einst in den 60er Jahren Vivi Bach zusammen mit Dietmar Schönherr sangen: »*Das Leben meint es gut mit Dänen und denen, denen Dänen nahe stehn …!*«

Sex and Drugs and Rock'n Roll…

… die gab es nur in London, New York, St. Tropez oder in Berlin in der Kommune 1, wenn Danny Kowalski den Zeitungs-Kolumnisten glauben sollte, die davon in schillerndsten Farben berichteten. Das war der Kontext Ende der 1960er Jahre in Deutschland, in dem Danny lebte. Er selber jedoch erlebte diese Zeit der Hippies und Blumenkinder in seiner beschaulichen westfälischen Idylle ganz anders. Denn während 1967 in San Francisco, im fernen Kalifornien, die Hippies sich selber zelebrierten, staunte er nur über den ›Sommer der Liebe‹, wie er verlockend für die schüchternen Provinz-Bubis hieß. Aber woher nehmen und nicht stehlen? Denn bei Danny und seinen Freunden in ihrer westfälischen Provinz war von ›Love & Peace‹ nichts zu spüren. In Kalifornien versicherte man sich, Blumen im Haar zu tragen, wenn man nach San Francisco kam. ›If you come to San Francisco, be sure that you wear flowers in your hair‹, gab 1967 Scott McKenzie die Parole für die Flower-Power-Bewegung bekannt. Dagegen versicherte man sich in Westfalen höchstens, ob zwischen den Blumen im Vorgarten kein Unkraut wuchs.

Es gab ja schon immer besondere Fixpunkte in jeder Biographie, sei es ein Mädel oder ein Junge, sei er prominent oder nur ein piseliger Normalo. So was wie den ersten Zungenkuss, das erste Petting oder gar den ersten richtigen Sex im Leben, das vergisst man/frau nicht. Das waren und sind Ereignisse in jedem individuellen Leben, die ihn oder sie auf den Stufen der Reifeprozesse näher ran führten an die Welt der Erwachsenen. Manchen wie den Alpha-

Tieren gelang das früher, manchen wie den Spätzündern erst später. Hauptsache überhaupt mal, um nicht ewig hinterher zu hinken. So geschah es auch unserem Danny, Danny Kowalski, ausgewiesener Spätzünder in den späten 60er Jahren. Manchmal reichte ja auch schon eine neue Freundin mit einem weit entfernten Wohnort aus, um die viel beschriebene ›Leidenschaft im Briefkuvert‹ zu zelebrieren. Da war Dannys neue Freundin Lulu Tempel mit den langen mittelblonden Haaren aus Hannover, die er 1971/72 während seines Zivildienstes immer nur alle zwei Wochenenden per Tramptour besuchen konnte. Und zwischendurch schrieben sie sich heiße Briefe. Denn beide hatten sie sich ja gegenseitig die Jungfernschaft/Bübchenschaft geschenkt, also den ersten richtigen Sex, richtiges Bumsen gehabt. Kennen gelernt hatten sie sich überhaupt erst durch Dannys Bundeswehrkameraden Jörg, weil der vorher mit ihr befreundet war. So hatte seine fünfmonatige Bundeswehrzeit 1971 Danny im Nachhinein wenigstens das erste Bumsen besorgt, wo ihn der Militärdienst schon bei seiner ersten Liebe mit Nicole ausgebremst hatte.

Einmal, im Winter, ging er mit Lulu in den ›Maulwurf‹, eine Szene-Kneipe in der Hannoverschen City. Hinten im Rückraum knutschten und herzten sie heftig rum, dass es ihm sogar wieder mal genussvoll in die Hose ging, saß sie doch fast auf ihm drauf. Sie fragten dann, weil es schon spät geworden war, in der Kneipe nach einer Schlafgelegenheit für Danny. Da sagte einer neben ihnen: »Wenn du so gerne in Hannover bleiben möchtest, warum schläfst du denn dann nicht direkt bei deinem Prinzesschen?«

»Im Prinzip würde ich das auch gerne«, entgegnete Danny ihm, »aber sie ist erst 16 und wohnt noch bei ihren Eltern. Deshalb geht das leider nicht.« Da hatte der Mann ein Einsehen und nahm Danny, nachdem er Lulu nach Hause gebracht hatte, mit zu sich. Er hieß Uli und war Mitglied einer großen Bildhauer-WG. Da war immer Platz zum Schlafen. Das war 1972: ein Leben voller Sex, Drugs, Rock & Straßenkämpfe, wie es die Rolling Stones in ihrem ›Street Fighting Man‹ nicht besser hätten beschreiben können. Denn auch Danny erlebte politische Straßenkämpfe in Hannover, als die Demonstranten während einer Rot-Punkt-Aktion auf den Schienen der Straßenbahn von den tränengasgeschwängerten Wasserwerfern der Polizei beschossen wurden. Lulu war noch Schülerin und bewarb sich damals im Winter 1971/72 in Recklinghausen in Dannys ehemaliger Schule, dem Freiherr-vom-Stein-Aufbaugymnasium, denn sie wollte näher bei Danny sein. Sie sorgte für einigen Aufruhr unter Dannys früheren Freundinnen und Mitschülerinnen wie Susanne und Nicole. Denn Lulu hatte sich doch zwecks Bewerbung ein wenig aufgebrezelt. Es war ja auch noch die aufregende Zeit, als die Mädels alle keine BHs trugen, so dass ihre verführerischen Rundungen ein auffälliges Eigenleben führten. Lulu durfte bei Dannys Eltern in Datteln übernachten. Im Nachbarzimmer neben Danny, wo er sie dann in der Nacht besuchen konnte. Sie überraschte ihn mit viel nackter Haut unter der Bettdecke. Bis auf ein kleines Minislipchen hielt er 100 % Lulu in seinen Armen, die ihn natürlich so erregte, dass ihm feucht einer abging auf ihren weichen Bauch. Mit der Schule in Recklinghausen klappte es leider für Lulu nicht, weil sie aus einem anderen Bundesland kam, aber was anderes klappte dann endlich …

Zwei Monate nach ihrem Kennenlernen kam es nämlich im Atelier der Hannoveraner Bildhauer-WG zu diesem denkwürdigen Ereignis, als Danny und Lulu dort nächtigen durften. Es war malerisch und romantisch zwischen Werkbänken auf Matratzen und weißen Laken, wo sie ihren ersten Sex miteinander hatten. Aber es war ein ziemliches Gehampel. Denn es war für beide das erste Mal. Sie wussten nicht so wirklich, wie ›es‹ ging. Er ›raubte‹ ihr die Jungfernschaft, während sie ihm die Bübchenschaft nahm. Von da an tobten sie in der Bildhauer-WG in den Nächten ihre frisch erwachte Sexualität aus. Lulu war sehr experimentierfreudig und neugierig, was es in der Welt des Sexus noch für interessante Stellungen gab. Die kleine temperamentvolle Lulu wollte am liebsten immer nur spielen.

Es war Sommer im gleichen Jahr 1972, als Danny von Paula Störringhaus aus Datteln fasziniert wurde. Sie war zwar verheiratet mit Ingo, Dannys Arbeitskollegen beim Zivilen Ersatzdienst, aber die beiden führten eine sehr offene Ehe-Beziehung. Und Paula war die erste Frau mit einer richtigen Frisur, die Danny mochte. Bisher kannte und wollte er nur Freundinnen mit langen glatten naturbelassenen Haaren. Aber sie gefiel ihm mit ihrem aparten Pagenkopf ihrer brünetten Haare trotzdem gut. Nächtelang diskutierten sie, bei ihr zu Hause auf dem Teppich liegend, über Henry Millers Werke, die sie beide durch ihre sexuelle Freizügigkeit und anarchische Lebensweise unheimlich beeindruckten. Es gab ja da epochale Romane wie der ›Wendekreis des Krebses‹ oder ›Sexus‹. Und dann noch E. E. Cummings Hauptwerk ›Der ungeheure Raum‹. Darin kam die Romanfigur eines amerikanischen Schriftstellers vor, der sich mit seiner Situation in einem Kriegsgefangenenlager auseinandersetzte. Dabei wurde von Cummings der feste Begriff eines ›lieblichen Berges‹ für einen besonders guten Menschen geprägt. So in etwa empfanden die beiden sich gegenseitig. Einmal bat Ingo ihn, doch mal an einem seiner freien Wochenenden mit seiner Frau Paula zu trampen. Denn er könne das nicht, mit seiner Frau per Anhalter irgendwohin zu reisen. In dieser Ehe schien es nicht nur in dieser Hinsicht zu kriseln. Also trampten Danny und Paula, mit Zelt und Schlafsäcken bewaffnet, los gen Süden. Und die romantischen Fäden einer Sommerliebe brachten die beiden in ihr ›Bett im Kornfeld‹. Sie wurden von einem Autofahrer mit einem rasanten Porsche überraschend schnell nach München mitgenommen. So waren sie also auf einmal kurz vor der süddeutschen Metropole angelangt. Da galt es zu improvisieren. Sie konnten ja schließlich schlecht mitten in der bayerischen Hauptstadt ihr Zelt aufschlagen. Also stiegen sie an der letzten Autobahnabfahrt vor München aus. Die hieß Garching, und es sah noch ziemlich ländlich aus. Dort wanderten sie rechts ins Grüne und bauten ihr Zelt bei hereinbrechender Dunkelheit auf einem Weg zwischen Wiesen auf. Sie schafften es gerade noch, bevor der große Regen einsetzte, der Spielverderber für Tramper und Zeltler. Sie wollten es sich in ihren Schlafsäcken gemütlich und romantisch machen. Aber plötzlich merkten sie, dass es von unten heftig piekste. Sie hatten nämlich beim Aufbauen des Zeltes im Dunkeln auf dem Wiesenweg einen umgekippten Stacheldrahtzaun übersehen. Und ausgerechnet auf dem stand jetzt unglücklicherweise ihr Zelt. Was tun? So konnte es nicht bleiben. Also zogen sie sich nackig aus. Denn es plästerte ja total. Und sie hatten natürlich keine Kleidung zum Wechseln dabei. Also bauten sie das Zelt wieder ab und an einer anderen Stelle ohne stacheldrahtbewährte Fakirunterlage wieder auf. Danach mussten sie sich trocken rubbeln. Na ja, das kann man sich ja gut vorstellen. Wenn ein nackter Mann und eine nackte Frau, die sich auch noch mögen, sich aneinander rubbeln, ja, was da dann wohl raus kommt. Sie liebten sich zum ersten Male … und sie liebten sich … und liebten. Ja, wirklich, es war eine kurze und feuchte Nacht.

Du gabst mir deine imaginäre Hand,
und ich gebe dir meine imaginäre Hand,
und wir gehen zusammen (in der Imagination)
über den irdischen Grund.
Paula

So ging das den ganzen Sommer 1972 über. Auch einmal, als sich Danny eigentlich zu einem Date mit Nicole verabredet hatte, um einfach mal wieder mit ihr zu reden. Aber Dannys Geliebte Paula hielt ihn immer und immer wieder durch Sex davon ab, zu seiner Verabredung mit Nicole in Recklinghausen aufzubrechen. Schließlich fuhr er dann doch, aber reichlich verspätet los und fand tatsächlich Nicole noch am vereinbarten Treffpunkt vor, dem Park an der Ruhrfestspiel-Halle. Sie sagte auch gar nichts zu seiner Verspätung. Entspannt gingen sie im Park spazieren und führten gute Gespräche als Freunde. Sie setzten sich nebeneinander auf eine Parkbank. Dabei kam er ihr so nahe, dass er leicht ihren Patchouli-Duft roch, der zu ihm rüber zog. Patchouli ist ein ostindischer Lippenblütler und ein schwerer Duft, der gerne in der Hippie-Zeit benutzt wurde. Denn Indien und Kathmandu galten damals bei den ›Blumenkindern‹ als angesagtes Reiseziel. Dann fragte sie ihn aber doch: »Sag an, Danny, wo geht‹s bei dir hin in diesem Sommer?« Da brauchte Danny nicht lange für rumgrübeln: »Ja, ich wollt mal einfach so lostrampen. Ich hab mir da so einen Reise-philosophischen Ansatz überlegt. Ich lass das Schicksal entscheiden. Ich habe ja 3 ½ Wochen Zeit und Muße, so zu reisen, wie ich es mir idealer Weise vorstelle. Meine Idee dabei ist, ohne bestimmtes Ziel zu trampen und immer dorthin zu fahren, wohin mich die jeweiligen ›Lifts‹ hintreiben werden.«

»Toll, Danny«, begeisterte sie sich, »dann bringe mir doch ein paar kleine Souvenirs mit. Von Holland ein Päckchen Tabak und aus Frankreich einen Franzosen.«

»Ist gut, Nicole, mach ich. Bring ich dir mit.« Tatsächlich gelangte Danny – alleine trampend – mit dieser außergewöhnlichen Methode über die holländische Nordseeküste und Belgien nach Paris und von dort aus weiter nach Süd-Frankreich. ›au sud‹ hatte er auf sein Trampschild durch Frankreich geschrieben. Und dabei hatte er ständig den aktuellen Song von Hannes Wader auf den Lippen: »Ich bin unterwegs nach Süden und will weiter bis ans Meer …« Danny sammelte während seiner Reise die Souvenirs für Nicole ein. Aus Holland ein Päckchen Tabak, was aber schon in Paris von anderen Leuten weggequalmt wurde. Obwohl Danny Nichtraucher war, hatte er damals ein großes Herz auch für Raucher. Er war dort in Paris mit einer netten holländischen Clique eine ganze Woche zusammen, die ihn schon in Holland beim Trampen aufgelesen hatte. Toos und Wim und die anderen beiden Girls hatten eines Morgens nichts mehr zu rauchen. Da opferte Danny ihnen den Tabak, der eigentlich für Nicole gedacht war. Na ja, wie gewonnen, so zerronnen.

›Das wichtigste in jeder Beziehung ist die Ehrlichkeit. To be honest: honesty!‹
Toos

Der Tobacco war wieder weg, aber dafür kaufte er Nicole in Nevers an der Loire einen kleinen Burgunder-Mann in Tracht. Und den schenkte er ihr nach seiner Heimkehr. Und außerdem noch seine sämtlichen Reise-Tagebuch-Aufzeichnungen dieser abenteuerlichen Tramptour. Da waren natürlich auch viele Zitate aus den Romanen von Lawrence Durrell drin, dessen Alexandria-Quartett er total gefesselt gelesen hatte. ›Justine‹, ›Balthazar‹, ›Mountolive‹ und ›Clea‹ hießen die vier Bücher, die ihm seine Sommer-Geliebte Paula geliehen hatte.

›Wenn Du eine Blüte pflückst,
schnellt der Zweig an seine frühere Stelle zurück.
Das gilt nicht für die Neigungen des Herzens.‹
Lawrence Durrell

Das Faszinierende an dieser Geschichte in Durrells Romanen war für Danny, dass sich die schöne Französin Justine in den geheimnisvollen Fängen eines Dreiecks-Verhältnis verheddarte. Und genau so etwas erlebte ja Danny mit seiner Paula zur selben Zeit zu Hause in Deutschland. Von daher fühlte sich Danny intensiv mit den Romanfiguren verbunden, schienen sie doch ähnlich zu handeln, zu denken, zu fühlen, wie er gerade im richtigen Leben …

›Es heißt, wenn man liebe, gingen Abwesenheit und Gegenwart ineinander
über und man könne einander nie wirklich verlieren, solange die Hauptfeder,
die Erinnerung, nicht zerspringe. Alles Lüge!‹
Lawrence Durrell

Als dann Ingo einige Wochen später von seinen diversen Sommeraktivitäten wieder zu seiner Familie zurück kehrte, war dort für Danny kein Platz mehr. Er wurde im Spätsommer 1972 aus den wonnigen Wolken des Liebesglücks mit Paula in die grausame Welt des Entliebten ohne Paula zurück gestoßen. Danach fand er bei Lawrence Durrell …

›Liebe ist sensationell
und vergeht so schnell.‹

… und dachte für sich: »Ja leider, genau so ist es, wie im richtigen Leben«.

Doch ein besonderes Ereignis brachte Danny zu einem ausgedehnten Wieder-aufleben der ›Leidenschaft im Briefkuvert‹ zurück, als er ein Jahr später eine dänische Freundin hatte. Und es war 1973 ausgerechnet Jytte, die Schwester seiner dänischen Brieffreundin Inger-Lise, in die sich Danny bei seinem drit-ten Besuch von Inger-Lise verliebte. Denn Inger-Lise hatte gerade wegen eines anderen frischen Lover-Boys keine Zeit für Danny. Sie schickte stattdessen ihre rotblonde Schwester Jytte mit den lustigen Sommersprossen im Gesicht vor, damit die sich etwas um Danny kümmern sollte. Das machte diese dann auch so intensiv, dass sie sich näher kennen lernten. Sie verliebten sich, und es wurde ein Paar für ein Jahr aus den beiden. Zumindest anfangs war die Entfernung von 625 km für einen Weg zwischen den Beiden Grund genug, die alte ›Leidenschaft im Briefkuvert‹ wieder auferstehen zu lassen. Im Sommer 1973 unternahmen sie sogar zusammen eine dreimonatige Trampreise durch Jugoslawien, Griechenland, Italien und der Schweiz. Jytte war ein herzensgutes Mädchen, aber auch eine sture Skandinavierin, die nicht viel Worte machte oder gar schrieb. So waren diese Liedzeilen von Daliah Lavi wohl ihr am meisten zutreffendes Motto:

Meine Art, Liebe zu zeigen
ist einfach schweigen,
denn Worte können nur stören,
wo sie nicht hingehören.

In den ersten Monaten ihrer frischen Beziehung besuchte Danny Jytte recht häufig. Alle paar Wochen trampte er nach Jütland und wohnte dann immer im Haus ihrer Familie Hansen in Vandel bei Vejle. Immer bereitete ihm Bente, Jyttes Mutter, ein Schlaflager im Wohnzimmer. Auch dann noch, als Jyttes Eltern schon längst wussten oder zu mindestens ahnten, dass die beiden Sex miteinander hatten. Eines Abends spendierten sie ihnen eine Flasche selbst gekelterten dänischen Brombeerwein. Der war lecker süß, und für die beiden Verliebten war das ordentlicher Bölkstoff. Da Jyttes Eltern zudem an jenem Samstagabend auch noch ausgingen, hatten sie sturmfreie Bude und tummelten sich lustvoll in Jyttes Bett, wo Danny dann schließlich geschafft einschlief und am nächsten Morgen dort auch erwachte. Das ergab allerdings eine ernste Diskussion im Hause Hansen zwischen Jytte und ihren Eltern, die ihr rigoros klar machten: »In unserem Hause nicht! Der Danny ist uns immer ein willkommener Gast. Aber er hat auf dem Schlaflager im Wohnzimmer zu schlafen. Nicht aber im Bett unserer Tochter! Punktum, dabei bleibt's!« Da war er aber platt! Er hatte sich die Dänen nicht so überraschend prüde vorgestellt. Im Gegenteil, eher lockerer und freier. Da waren ja seine eigenen deutschen Eltern liberaler und ließen ihn zu Hause in Datteln mit jeder jungen Frau in seinem Bett in seinem Zimmer übernachten, mit der er es wollte. Lag es daran, dass Jyttes Eltern eher Jüten statt richtige Dänen waren? Die Jüten nannte man ja auch nicht zu Unrecht ›Kartoffel-Tysker‹ Denn ›Tysker‹ heißt ›Deutscher‹. Und die Jüten sprechen, als hätten sie heiße Kartoffeln im Mund. Jedenfalls schlief Danny fortan bei seinen Dänemark-Besuchen immer brav im Wohnzimmer, unweit der stets gluckernden Weinkruke, worin der Selbstgekelterte mit der dazugefügten Hefe eine alkoholhaltige Symbiose einging. Von seiner Jytte Hansen aus Dänemark bekam Danny im Frühling 1973 natürlich hin und wieder Post, aber sie war nie eine große Schreiberin. Ihre Briefe waren meist kurz und bündig, aber ihre Taten direkt, ehrlich und gefühlvoll.

Vandel -> Datteln, 14.04.1973

Elskede Danny, my dearest friend,
I‹m waiting for you, I‹m looking for you. And I need you, because I like your kisses
and your tenderness. Come soon. I love you.
  jeg elsker Dig
  Dine veninde Jytte
P.s.:'Through the years my love will grow
  like a river it will flow
  I can‹t die because I‹m so
  devoted to you.‹
  (The Beach Boys)

Es war im Frühling 1973, und Danny war mal wieder auf dem Weg nach Dänemark zu seiner Jytte. Auf dem ersten Reiseabschnitt trampte er zusammen mit Nicole von Recklinghausen nach Münster. Dabei teilten sie sich einen LSD-Trip, der sie auf sanften Schwingen trieb. Nicole hatte ja überhaupt Danny auf den Düfte-Trip gebracht. 1973 trug er immer ein kleines Fläschchen ›Gras‹ mit sich rum: also wirklich Gras, wie Wiese. Das roch dann schon immer total wie eine schöne frische Sommerwiese mit Blümchen drauf, alleine wenn er das Fläschchen nur öffnete. Aber es duftete noch viel intensiver, wenn er sich davon je einen Tropfen an die Innenseite der Unterarme tupfte. Jedenfalls in Münster fanden sich Nicole und Danny zu einem spontanen Stelldichein bei Rolli in seiner Studentenbude. Dort bekamen sie für eine Nacht Unterschlupf, und er ließ sie sogar in seinem Bett schlafen und quartierte sich selber solange bei einem Freund ein. So nächtigten Nicole und Danny erstmals überhaupt zusammen in einem Bett. Sie fühlten sich ja immer noch zueinander hingezogen, auch wenn sie kein Paar mehr waren. Sie küssten und knutschten sich wie selbstverständlich. Das kannten sie ja noch aus der Zeit, als sie miteinander gingen. Danny empfand es dabei, als wäre seine Zunge wieder zu Hause angekommen: Heimat im Schmecken, so weich und so sanft waren die Zungenküsse von Nicole. So küssten sie sich innig, und es war so schön, wie er es in Erinnerung hatte. Es war ein angenehmer, guter und bekannter Geschmack, als er Nicole küsste. Besonders nachdem er zwischendurch eine Freundin hatte, die eine starke Raucherin war. Das war ja dann eher ein Geschmack, als hätte er seine Zunge in eine Räucherhöhle gehängt. Aber zurück zu 1973, zu Nicole und Danny in Münster. Denn damals, 1971 in Recklinghausen, war sie ja mit 15 Jahren noch so jung, weshalb sie nie miteinander gebumst, sondern immer nur Petting gemacht hatten. Jetzt, 1973, waren sie beide älter und reifer und beide keine Jungfrauen mehr. Natürlich gingen sie sich auch schnell an die Wäsche. Er streichelte ihre üppigen Brüste, und sie rieb sich auch willig an ihm. Das war dann wohl zuviel für ihn, und: ›wupp!‹ spritzte er sich in die Hose, noch bevor es dieses Mal Ernst wurde. Sie waren ja beide nicht prüde und hatten früher öfter theoretisch das ›Bumsen‹ durchgespielt. Wahrscheinlich hätte sie es dieses Mal auch gerne mit ihm getrieben? Aber es sollte wohl nicht dazu kommen. Oder sie blieben einfach ihrer alten Petting-Tradition treu. Jedenfalls schlief Nicole dann in Dannys Armen ein. Und am nächsten Morgen trampten sie beide getrennt weiter in verschiedene Richtungen. Danny wollte nach Norden, Richtung

Dänemark. Aber Nicole war nur bis Münster zusammen mit Danny getrampt, weil sie ihn ein bisschen begleiten wollte. Danach wollte sie lieber nach Süden ins Sauerland, wohin mitzukommen sie ihn sogar auch noch einlud.

›Wie die Sonne untergeht, so kehrt sie zurück.‹
Nicole

Ein paar Wochen später trafen sie sich zufällig wieder: es war im Mai 1973, als Danny mal mit Carlos zusammen unterwegs war. Da trafen sie doch tatsächlich Nicole mitten in der Nacht beim ›8 bis 8‹ in Recklinghausen, einer angesagten Szene-Kneipe. Das hatte folgende Vorgeschichte: einmal hatte Nicole im Winter 1973 Danny einen LSD-Mikro-Trip geschenkt. Den teilte er sich Monate später, an diesem schönen Maien-Tag, mit Carlos in Datteln. Dieser ›Trip‹ war für die beiden nur positiv mit mystischen Erfahrungen. Sie erlebten viele lustige Sachen und fuhren mit Dannys orangefarbenen Käfer zwischen Datteln und Vinnum durch die Gegend und landeten in der gleichen Nacht noch in Recklinghausen. Dort gingen sie zum ›Acht‹, wo sie dann ausgerechnet Nicole trafen, die Spenderin ihres LSD-Highs. Aus diesem gemeinsamen Erlebnis wurde eine jahrzehntelange Freundschaft zwischen Carlos und Danny. Die Beiden waren mit allem ausgestattet, was man so brauchte, um die Welt zu entdecken. Neugier, Jugend, Humor, und sie verstanden sich auf Anhieb prächtig, da sie trotz ihrer optisch so offenkundigen Verschiedenheit good vibrations verbanden. Carlos mit seinen fast zwei Metern Körpergröße und seinem blonden Lockenkopf ragte immer etwas aus der Menge heraus. Dagegen war Danny doch auf den ersten Blick mit seinen dunkelblonden Haarfusseln und ebensolcher durchschnittlicher Körpergröße zwar drahtig-sportlich, aber eher unauffällig. Ähnlich an den beiden war ihr Sinn für Humor. Manchmal subtil, mitunter derb, durch ständiges Lächeln würden die beiden wegen zwei Paar gut gestylter Lachfältchen um die Augen leicht wieder zu erkennen sein. Hier aus einem Brief an Carlos ein Gedicht:

›Dein Freund in der Nacht
und am Tag, wenn er mit Dir geht
geliebt, gestaunt und gelacht:
er heißt ... Danny‹

Während es bei Danny und seinen Freunden bei einem LSD-Trip blieb, überschritt Nicole diese Grenze: in jener Zeit herrschte bei ihr der große Rausch in ihren Blutbahnen und bestimmte ihr Leben. Himmelhoch jauchzend und zu Tode betrübt lagen da immer dicht beieinander. Ein gutes Leben, wenn das Heroin regelmäßig ins Haus kamen; ein böses Erwachen, wenn die Fixe leer blieb. Ihr Leben wechselte zwischen High und schmerzhaften Entzugserscheinungen. So kam es 1974 zu einem Aufenthalt im Westfälischen Landeskrankenhaus Lengerich, geschlossene Psychiatrie. Von dort schrieb Nicole einen aktuellen Lagebericht an Danny:

Lengerich, den 10.04.1974
Lieber Freund Danny,
ja, soweit ist es mit mir gekommen. Ich bin jetzt im Westfälischen Landeskrankenhaus in Lengerich gelandet. Ich kann ja nicht raus hier, innen sind keine Klinken an den Türen, ist ja ne Geschlossene.
›Dieser Morgen begann mit Sonnenuntergängen,
diese Freiheit erwachte hinter Gittern,
das Glück selbst hob sein verheultes Gesicht,
und es blickte auf seinen leeren Himmel.‹
Ich weiß nicht, ob die hier ne Zensur mit der Post machen. Deshalb hab ich diesen Brief rausgeschmuggelt, damit er Dich unzensiert erreicht.
Ich habe nämlich eine Bitte an Dich. Ein Mitpatient hat mich gebeten, einen LSD-Trip zu besorgen. Kannst Du nicht einen in Tropfenform auf die Klebeseite der Briefmarke auftragen, wenn Du mir Deinen nächsten Brief schreibst? Das wäre lieb.
Alles Liebe und bis bald mal wieder
liebe Grüße von Nicole

»Na, ich weiß nicht«, dachte sich Danny, »ob das so ne gute Idee ist, ausgerechnet in ner geschlossenen Psychiatrie einen LSD-Trip zu nehmen? Da ist doch die Chance, auf einen Horror-Trip zu kommen, extrem hoch!« So schrieb er ihr einen Brief zurück, aber ohne LSD-Trip. Und da er auch nicht wusste, ob Nicole den Brief zensiert bekommen würde oder nicht, verzichtete er auf verdächtige Formulierungen:

Datteln –> Lengerich, den 17.04.1974

Liebe Nicole,
erst einmal danke ich Dir für Deinen Brief vom 10.04.74. Mannomann, Mann-
ofrau, was Du alles so erlebst in den letzten Jahren? Und jetzt in der Psychiatrie?
Ich wünsche Dir alles Gute, dass Du es dort einigermaßen heil überstehst. Was
Deine Bitte angeht, mich wegen einer Reise zu erkundigen, so muss ich Dir sagen,
dass ich Dir da wohl nicht helfen kann. Vielleicht wäre ja das aktuelle Reiseziel
in der speziellen Situation auch gar keine so gute Idee? Nichtdestowenigertrotz:
Kopf hoch, Nicole, es wird auch schon wieder einen Morgen geben.
Hier was von Kurt Tucholsky: ›Das ist schwer: ein Leben zu zwein.
Nur eins ist noch schwerer: einsam sein!‹
In diesem Sinne grüßt und umarmt Dich recht herzlich
Dein Freund Danny

Überraschungsbesuch bei der persischen Brieffreundin

Viel aufregender als mit seinen bisherigen Brieffreundinnen war es 1974 mit
der Perserin Charlotte Bagheri aus Teheran. Über Jahre hinweg hatten Danny
und sie eine eher spärliche Korrespondenz. Einmal pro Jahr, also mäßig, aber
regelmäßig. Umso überraschter war er im Sommer 1974, als er einen Brief von
Charlotte erhielt, der zusammen mit einem Passfoto einer rassigen schwarzhaarigen Perserin knapp, aber prägnant folgende Zeilen enthielt:

Teheran, the 15th July 74

Dearest Danny
Marry me!!!
Charlotte

Da war Danny vielleicht platt, als er auf einmal einen
Heiratsantrag aus Teheran bekam. Aber er war ja
inzwischen auch schon etwas gewiefter im Umgang
mit dem weiblichen Geschlecht geworden, was Tak-
tik und Diplomatie betraf. So schrieb er ihr auch
fröhlich zurück:

Dearest Charlotte,
I intended to come to Asia this summer nevertheless. Then I⟨ll come along there at yours in Teheran, and we can talk about all.
  Yours Danny

Danny vertröstete sie in seinem Antwortbrief auf seinen kommenden Besuch, wenn sie dann alles in Ruhe besprechen könnten. Und das war noch nicht einmal gelogen. Denn Danny wollte tatsächlich in den Sommersemesterferien zusammen mit Harry nach Asien reisen, was sie dann auch machten. Allerdings fuhr Harry von Istanbul wie geplant zurück nach Deutschland, nachdem sie zusammen über das Goldene Horn zum asiatischen Teil von Istanbul gefahren waren und zusammen erstmals asiatischen Boden unter den Füßen hatten. Aber Danny reiste allein weiter von Istanbul bis nach Afghanistan durch den Vorderen Orient. Dabei legte er einen einwöchigen Stopp in Teheran ein. Eigentlich hatte er damals überhaupt nicht vor, jemals zu heiraten. Weder 1974 noch später, weder in Deutschland und erst recht nicht im Iran. Aber diese Frau, die ihm einen Heiratsantrag stellte, wollte er sich doch zu gerne mal anschauen! In Teheran jedenfalls wohnte Danny in Downtown, in einem einfachen Traveller-Hotel im Viertel der armen Leute. Um so höher man in Teheran Richtung Elburs-Gebirge fuhr, um so reicher wurden dort die Villen und deren Bewohner. Charlottes Familie wohnte auf halber Höhe, also eher Mittelschicht. Nach langem Suchen fand er die Adresse und die Hausnummer. Er wurde erst dort gewahr, wohin er ihr immer geschrieben hatte: ›*Opposite Nr. 16*‹. Denn bei Nr. 16 stand der falsche Nachname an der Tür. Aber gegenüber (also: ›Opposite‹), da war er richtig und klingelte dort. Bis auf seinen Brief vor einem Monat kam er völlig unangemeldet. Kein Problem, als würde jeden Tag ein Mann aus Germany angereist kommen: »Willkommen und hereinspaziert, der Herr!« Mutter und Tochter waren zu Hause und ein gar lustiges Völkchen. Was hatten sie gelacht. Charlotte hatte nämlich auch jede Menge Brieffreunde aus aller Welt und sich dann mal einen Spaß gemacht, allen zu schreiben:

Dear ….,
Marry me!
Yours Charlotte

… nur um mal die Reaktion der verschiedensten Männertypen auf dieser Erde zu testen. Manche der Herren Brieffreunde nahmen das sehr ernst. Ein Tscheche wollte direkt das Aufgebot bestellen. Oder gar der Mann aus Irland, der gleich mit der ganzen Familie anreisen wollte, um die Hochzeit zu planen. Na ja, glücklicherweise war sie ja da bei Danny an einen humorvollen Menschen geraten. Sie hatten wirklich viel Spaß. Sie lachten und scherzten um die Wette, tranken bei ihr zu Hause Tee aus dem Samowar und rauchten eine Wasserpfeife, die Nagile. Danach zogen sie durch die Stadt und trampten schließlich zum Hilton-Hotel. Dort in der Bar saßen sie bis zum frühen Morgen bei einem Glas Bier und einem Schälchen Pommes. Schließlich komplimentierte man sie hinaus, weil sie für das Frühstück decken wollten. Charlotte war eine moderne junge Frau, sie studierte, trug Jeans oder Minirock. Sie ging zusammen mit Danny und ihren Freunden in Kneipen, wo geraucht und getrunken wurde. Das war 1974 zu Zeiten des Schah von Persien möglich. Erst durch die ›Revolution‹ 1979 durch die fundamentalistischen Mullahs unter Chomeini fiel der Iran zurück ins Mittelalter.

»Arme Charlotte, was aus dir wohl geworden ist?«

Aus den beiden war ja nun kein Paar geworden, weder ein Ehepaar noch ein Liebespaar. Noch nicht einmal geküsst hatten sie sich. Der Funke sprang einfach nicht über zwischen ihnen. Dafür hatten sie jede Menge Spaß gehabt. Und was ist Danny von dort geblieben? Charlotte lieh ihm ein viersprachiges Buch von Omar Chajjam mit vielen philosophischen Sinnsprüchen, wovon er sich einige abschrieb. Er hinterlegte das Buch in der Rezeption seines Hotels und rief sie an, es sich dort abzuholen. Aber auf dem Rückweg von Afghanistan lag das Buch dort immer noch. Und wenn es nicht gestorben ist, liegt es womöglich noch immer da …

Hello, I love you …
– oder wie man sich in den 70er Jahren in Briefen so anredete –

Hello, I love you
Won‹t you tell me your name?
Hello, I love you
Let me jump in your game …

… heißt es im Song der Doors von ihrem 1968er Album ›Waiting fort he Sun‹. Gerade in den bunten Nach-Hippie-Jahren der 70er war man/frau immer schnell dabei, ›I love you‹ zu sagen oder zu schreiben. Nachdem für Danny das wirkliche Leben mit Sex and Drugs and Rock‹n Roll begonnen hatte, brauchte er die ›Leidenschaft im Briefkuvert‹ kaum mehr. Es sei denn wegen eines Auslandsaufenthaltes wie 1973, als er seine Wintersemesterferien mit einer Tramptour nach Hamburg/Dänemark verbrachte und seiner Freundin Manuela Sippel einen Liebesbrief schrieb.

Hamburg -> Recklinghausen, 17. Februar 1973
Liebe Manuela,
Ich liebe Dich
Dein Danny

Der war aber wirklich kurz und bündig, ohne viel Schnörkel. Ob das die große Liebe war? Dagegen entpuppte sich der Brief aus Dänemark in 22 Sprachen geradezu ausführlich. Deutsch, spanisch, polnisch, chinesisch, rumänisch, englisch, italienisch, japanisch, dänisch und norwegisch, tschechisch, arabisch, Farsi (iranisch), französisch, türkisch, griechisch, serbokroatisch, russisch, Tagalog (philippinisch), hebräisch, schwedisch und Pashto (afghanisch): sehr vielzungig formuliert, aber insgesamt eher nichts sagend:

Vandel, (Dänemark) -> Recklinghausen, 1. März 1973
Liebe Freundin, Maitreya Manuela,
Ich liebe Dich – yo te quiero – ja rocham cie – Wuo ai ni – eu te iubesc
I love you – Ti amo – Watashiwa anatao aishitemasu
Jeg elsker dig – miluji te – A‹hepk – Dostat Daram
Je t‹aime – seni sewiyorum – sagapo – ja te volim
Ja ljublju – iniibig kita – Otacha – jag älskar dej – bisjor man turro düsdorum
Dein Danny

Kein Wunder, war doch Danny gerade dabei, sich in die Dänin Jytte zu verlieben. Er hatte das aber noch gar nicht gewusst, als er seiner Noch-Freundin Manuela diesen vielsprachigen ›Liebesbrief‹ schrieb. Zum Ende der Semesterferien kehrte er nach Hause zurück. Und inzwischen war es ihm passiert. Die

Liebe, die Liebe, die macht ein seltsames Spiel. Er beichtete also Manuela, was ihm geschehen war, und dass seine Liebe zu ihr bei seinem Auslandaufenthalt leider abhanden gekommen war.

Zwei Jahre später lernte Danny während seines Studiums in Bochum eine junge Frau namens Valentine kennen, die mit ihm auf den Schwingen der Tanz-Begeisterung ritt. Valentine war die jüngere Schwester von Catherine, seiner kleinen quirligen dunkelhaarigen Kommilitonin. Er war Catherines Einladung zu einer Studentenfete in Bochum-Querenburg gefolgt. Dadurch hatte er Valentine, genannt Gegene, überhaupt nur kennen gelernt. Die 17-jährige Schülerin lebte in Bonn und besuchte an diesem Wochenende ihre ältere Schwester Catherine. Gegene verstand sich mit Danny ausgezeichnet über die Sprache des Tanzes. Sie war etwa so groß wie Danny, schlank und sportlich, hatte ein fein geschnittenes Gesicht und kurze brünette Haare, die sie mit einem asymmetrischen Scheitel trug. Die beiden unterhielten sich die ganze Nacht über andere Wirklichkeiten und hatten dabei einen unwiderstehlichen Drive zueinander.

Datteln -> Bonn, den 2. Dezember 1975
Namaste, Maitreya Gegene, (Maitreya ist Hindi und bedeutet Liebe)
Du gabst mir Deine Hand und ich gab Dir meine Hand: gemeinsam erlebten wir die Liebe und das Glück des Augenblicks. Ich bin Dir dankbar und glücklich über uns.
Ich habe ein unwahrscheinlich großes Vertrauen, besonders gegenüber allen mir lieben Menschen. Das äußert sich in ungehemmten und spontanen Kommunikations- und Gefühlsregungen. Denn mein Bewusstsein über Harmonie und Menschen und über Lebenseinstellung sagt mir: ›Ich weiß, dass Gleichgültigkeit der Tod jeder menschlichen Beziehung ist, deshalb lebe ich das Gegenteil: Intensität.‹
Um als Mensch glücklich zu sein, brauche ich gute vertrauensvolle Beziehungen und Liebe. Und diese beiden gebe ich an andere mir liebe Menschen weiter. Denn ich weiß um das Wohlgefühl und -tun, sie zu empfangen und sie zu geben. Ich gebe sie, um sie auf mich zurückfühlen zu spüren. Der Kreislauf der Harmonie in Liebe ist geschlossen: Glück!
›Jede sprossende Pflanze, die mit Düften sich füllt,
trägt im Kelche das ganze – Weltgeheimnis verhüllt.‹
Emanuel Geibel

Wir fuhren auf den Achterbahnen der Gefühle, als wir am Samstag miteinander tanzten, redeten, fühlten, uns wohlig fühlten, Glück erlebten. Auf ein Neues, liebe Gegene. Ich freu mich schon jetzt auf unsere nächste Begegnung der besonderen Art und sende Dir derweil viele Küsse und Umarmungen
   Dein Danny

Da hatte Danny in Gegene eine gleich fühlende Partnerin des Herzens, der Gefühle und der Begeisterung für das Einfache, für das simple Glück schlechthin gefunden, wie er mit großer Freude erfuhr, als er ihren Antwort-Brief bekam:

Bonn -> Datteln, den 04.12.1975

Surey tschamabala hae,
(das ist ebenfalls Hindi, bedeutet soviel wie: die Sonne scheint bzw. spendet)
   und grüßt alle, die es verstehen, das Licht der Freude in ihrem Schein zu erleben
   Eigentlich möchte ich Dich so gern mit einer Melodie begrüßen, die ich sehr gern mag, sie beschreibt die Stimmung eines Morgens bei Sonnenaufgang. Ich finde sie sehr zauberhaft und bin sicher, dass Du sie mögen würdest.
   Du kannst kaum wissen, wie sehr ich mich gerade heute über Deinen Brief gefreut habe. Über die unverfälschte Art, wie Du aufschreibst, was Du denkst. Über die Herzlichkeit, die sich in Kleinigkeiten zeigt. Überhaupt über den ganzen Brief habe ich mich gefreut. Denn jeder Satz ist eine Beschreibung von Dir – Deiner Fähigkeit zu verstehen, auszudrücken, eigenes Glück in ›reiner‹ Form auf andere zu übertragen. Genau in diesem Moment möchte ich, dass Du einen solchen Moment miterleben kannst.
   ›So im Augenblicksblinken, so im Vorrübergehn
   sah ich das Glück mir winken, glitzern, flimmern, vergehn.‹
   Hermann Hesse

Es gibt aber, im Gegensatz dazu, den ganz bewussten Genuss, das Glück, von dem man weiß, warum man es genießen kann.
   ›Glück ist das lichterlohe Bewusstsein;
   Diesen Augenblick wirst Du niemals vergessen.‹
   Max Frisch

*Hinter beiden Arten von Glück steht jeweils eine vollkommen andere Weltan-
schauung und Lebensauffassung. Ich wollte mich mit beiden befassen, aber keine
kann allein existieren. Denn eine allein praktiziert, richtet den Menschen zu
Grunde. Leben muss vielseitig sein. Wichtiger noch, es muss veränderbar sein,
sonst können Menschen niemals wirklich <u>zusammen</u> leben. Sie würden nur nebeneinander her leben und jeder wäre allein und vollkommen einsam.*

*Du zeigst, wie man glücklich ist und damit glücklich macht. Ich habe mich
einen langen Abend glücklich gefühlt. Denn Du warst da und Du antwortetest
mit einer inspirierenden Begeisterung auf das, was ich im Tanz ausdrückte. Ich
war ganz erstaunt. So etwas ist mir noch nie passiert, dass mir jemand in dieser
Sprache antwortet. Deshalb hat es mir in Bochum diesmal ganz besonders gut
gefallen. Ich war noch den ganzen Sonntag dermaßen gut gelaunt, dass sich alle
Leute wunderten. Aber am meisten habe ich mich über mich selbst gewundert,
dass ich so froh sein kann. Es muss noch ganz andere Wirklichkeiten geben, als
die, die wir bisher kennen. Eine davon beginne ich zu erahnen, nicht zuletzt durch
Dich. Vielleicht hast Du am Wochenende mal Zeit und kannst uns in Querenburg
besuchen. Ich würde mich freuen. Wir sind auf jeden Fall übers› Wochenende da.*

Bis hoffentlich dann: viele Grüße von Gegene, dem Getüm

Das konnte Danny gut, schöne Briefe schreiben, die den Mädels gefielen. Überhaupt das ganze Brief-Outfit rundete jedes dieser kleinen Kunstwerke ab. Mit
Bildchen hintendrauf, und Fotos und gepressten Blüten oder Federn, und
ein stimmungsvolles, dazu passendes Gedicht in Petto. Manchmal sogar mit
irgendwelchen exotischen Düften darin. Halt ›Leidenschaft im Briefkuvert‹,
wie seine Freundinnen ihn kennen und lieben gelernt hatten. Da schmolzen
die Mädchen-Herzen dahin. So antwortete Danny ihr also mit der gleichen
ungebrochenen Begeisterung, zu der er fähig war:

Datteln -> Bonn, den 10. Dezember 1975
Surey tschamabala hae, Maitreya Gegene,
*Da bin ich wieder. Ich lasse Dich erwärmen, in Dich durch mich die Sonne in Dein
Herz eindringen, wie wir es erst letztens direkt erleben durften. Die Zeit ist nah,
wenn wir uns wieder sehen werden, wenn wir uns erneut fühlen, berühren und
uns gegenseitig den Duft unserer eigenen Lieblichkeit erschnuppern können. Folgendes habe ich für Dich von Walt Whitman aus ›Grashalme‹ (1860) gefunden:*

›Duftendes Gras meiner Brust,
Halme sammle ich auf von Dir, schreibe sie nieder,
dass man sie dereinst anschaue, Grashalme,
Jedes Jahr sollt ihr blühen aufs Neue, wieder.
Ich weiß nicht, ob viele Vorübergehende Euren schwachen Duft einatmen,
aber ich meine, einige werden es tun.
O schlanke Halme, um aufzusteigen ins Reich der Liebenden…‹
So alt schon, aber auch so aktuell. Jetzt erlebe ich bereits wieder mit geöffneten
Augen bewusst die Sonne und den neuen Tag mitsamt seinen Überraschungen.
Ich bin erwacht & I‹m a new–born man
Hiti Hito, liebste Gegene, mit aufgeblendetem Liebes-Licht, ich fand‹s so toll, so
kurz, so far, nicht out, Du warst einfach da. Und bald bin ich wieder für Dich da,
dort bei Dir, ganz nah. Bis dahin sende ich Dir leidenschaftliche Umarmungen
von
Deinem Danny

Sehr schnell bekam Danny eine Antwort von seiner neuen ›Flamme‹ Valentine. Wenn man diesen folgenden Brief von ihr liest, dann könnte man echt meinen, sie sei in Danny verliebt gewesen? Aber auf jeden Fall waren sie beide füreinander eine besondere Begegnung:

Bonn, den 14.12.1975

Meine allerliebsten und fröhlichsten
Grüße an Dich, lieber Danny!
I‹m singing in the rain,
Just singing in the rain…
Such a beautiful moment and I‹m happy again.
In den Weihnachtsferien will ich nach Bochum fahren, wahrscheinlich über
Sylvester. Bist Du dann auch in Bochum?
We‹ve got to live …
We‹ve got to live …
… together
Gerade hatte ich tatsächlich das Gefühl, Du ständest hinter mir und würdest
lächelnd abwarten, bis ich aufschaute und Dich ansehen würde. Stehst Du? Ich
fühle im Moment den Wunsch, mich in etwas ganz großes, warmes einzuhüllen

und immer weiter zu gehen. Bis ich auf Menschen stoße, die mich einfach in die Arme nehmen. Und ich jeden von ihnen durchströme und von ihnen durchströmt werde. So wie es geschehen ist, als wir uns zum ersten Mal begegnet sind. Siehst Du, wo mein Kopf liegt? Neben meiner Hand, die geöffnet genau neben Deiner Hand liegt. Während Du weder wachst, noch schläfst, sondern beides zugleich. Das Besondere daran ist eine tiefe Harmonie.

Ich werde jetzt eine Brieftaube beauftragen, sie wirft Dir diesen Brief in den Briefkasten und wird aufpassen, dass ich nicht versäume, den Brief gleich loszuschicken.

Ich umarme Dich und freue mich
darauf, wenn ich Dich noch mal im
Original erleben kann
Valentine

»Whow, Valentine – welche Gefühle, was für eine Euphorie, das muss Liebe sein …« dachte sich Danny fröhlich, als er diesen Brief mit ihrer typischen Handschrift, raumgreifend, mit nach rechts geschwungenen Buchstabenreihen, in seinen Händen hielt. Danny fuhr zu Sylvester nach Bochum, denn da traf er sie wieder, seine Gegene. Und er besuchte sie auch später in ihrer Studenten-Bude in Bonn. Sie nahm ihn sogar nach dem Bonn-Besuch mit nach Hause zu ihren Eltern in Wissen im Siegerland, zum Ski-Fahren und Wohlfühlen. Aber obwohl sich die beiden in Briefen gegenseitig zu Höchstleistungen steigern konnten, kamen sie im wirklichen Leben nicht zusammen. Einmal gab es in Bonn bei Nacht so ein wenig vorsichtiges Geknutsche und Gefummel, aber dabei blieb es dann. Da war es wieder mal. Das bekannte Sublimieren auf dem Gebiet der ›Leidenschaft im Briefverkehr‹ während einer eher sexlosen Beziehung. Sie hätten sich also sicherlich noch bis zum Lebensende mit gegenseitiger Begeisterung in ihren Briefen voller Gefühle bombardieren können. Aber das wirkliche Leben geht ja oft anders. So wurde es also nie etwas aus Danny und Valentine. Sie verblieben aber immerhin freundschaftlich miteinander in Verbindung.

Als Danny zwei Jahre später, im Winter 1977, zusammen mit seinem Freund Harry auf Tramptour Richtung Süden war, hatte er vorher bei Valentine wegen einer Übernachtungsmöglichkeit angefragt. Er bekam ein großzügiges Angebot von ihr, ein paar Tage in ihrer Wohnung bleiben zu dürfen.

Wie jedes neue Frühjahr, wenn die Natur sich wieder gegen den Winter auflehnte, rekelte sich die lange schlanke Gestalt von Harry mit der derben narbigen Gesichtshaut. Meist zeitgleich wurde Danny unruhig und schrieb neue und wahnwitzige Pläne an diesen treuesten Freund mit den struppigen braunen Haaren. Danny und Harry machten während ihrer Tramp-Reise zum Saarland Station bei Valentine in Bonn-Pützchen. Die beiden feierten einen Abend inmitten einer ganzen Gruppe junger Klosterschülerinnen. Die zwei jungen Hippie-Abenteurer peppten dabei die Party voller ›Kloster-Katzen‹ auf. Diese waren benannt nach der katholischen Mädchenschule im putzigen Stadtteil Pützchen. Zum Dank konnten Danny und Harry noch ein paar Tage länger in ihrer Wohnung verweilen, obwohl Valentine am Morgen nach der Fete selber schon mit anderen Freunden verreiste.

Harry wurde ja für Danny der Freund fürs Leben. Die beiden hatten einfach die gleichen inneren Vibrations. Nicht nur an den ›lovely blue mondays‹ oder ›wonnigen Donnerstagen‹. Die Geschichte ihrer Freundschaft zog sich über Jahrzehnte, überbrückte sogar die Jahrtausend-Wende. Aber den Ursprung hatte sie in diesen bunten fröhlichen 1970er Jahren. Sie trampten zusammen durch die Gegend, bis nach Sizilien gelangten sie. Dabei knallten sie sich die tollsten Geschichten um die Ohren. Aber es entstanden auch einander geschriebene kunstvoll verschnörkelte Briefe, voller Enthusiasmus und Euphorie, voller Lebensfreude und leidenschaftlicher Freundschaft. Wie auch hier in diesem bunten Pamphlet von Harry an Danny, als dieser gerade in Meschede auf dem dortigen Abenteuerspielplatz arbeitete:

Altenberge -> Meschede, den 1. März 1978

Hito-hito, Dannylito!
›Sometimes I feel so uninspired …‹
Die letzten Tage vergingen wie im Fluge, besser gesagt, wie im Traum. Ich träume viel – und dann meist von einem Mädchen. In dieser tristen grauen Zeit fehlt mir die Wärme eines schwarzhaarigen, glutäugigen Mädchens. Aber bald kommt der Frühling, und ich würde wieder ausreißen, würde Tränen und Missverständnisse erzeugen, weil ich mich wieder meiner alten, wiederkehrenden Liebe zuwende: meiner Person, der Sonne und der Straße. Ich schätze, in einem dreiviertel Jahr San Franciscos Spaghetti-Knoten zu betrampen, bis dahin kann mir alles gleich sein; die USA, Mexiko und die Karibik sind mir lieber als alle

Frauen dieser grünen Erde (ausgenommen das Mädchen der Bangkok-Airlines über meinem Schreibtisch natürlich). Kein Bock auf Rock, mehr Bock auf Reggae!

Wie Du siehst, schicke ich Dir den ersten Teil des Manuskriptes ›Wer andern eine Feder schenkt …‹ Erfülle Du nun Deinen Teil, lass Deinen Mutterwitz sprühen und lass Dir Zeit damit. Ich wünsche Dir ein langes Leben.

Adios Govinda

Harry, der sich damals auch Govinda nannte, schrieb den ganzen Brief in vielfarbigem Filzstift-Arrangement und mit blauer Tinte, mit schönen exotischen Bildchen illustriert. Er spielte an auf die geplante große USA-Reise im Herbst 1978. Harry und Danny waren beide Schriftsteller, und sie schrieben ein gemeinsames Werk, wovon es inzwischen bereits zwei unveröffentlichte Bände gibt: ›Wer andern eine Feder schenkt …‹, Untertitel: ›Geschichte einer Freundschaft‹

Mitten im Leben – Liebe in den 80er Jahren

Das ›normale‹ Leben – oder: mitten im Leben – war für Danny erfüllt von Liebe in langjährigen Partnerschaften und entsprechendem regelmäßigen Sex. Um so befriedigender und saftiger der Sex in seinen länger dauernden Beziehungen wurde, um so weniger brauchte er seine Leidenschaft in irgendwelche ›Briefkuverte‹ zu packen. Nein, nein, nein, er hatte da bei den Damen seines Herzens eine ganz andere Art ›Kuvert‹ gefunden, in die er seine Leidenschaft packen konnte. Deshalb bedeutete für ihn dann in jener Zeit auch das Brief-Schreiben nicht mehr die ›Leidenschaft im Briefkuvert‹, wie in den sexlosen 60er und teilweise unerfüllten 70er Jahren. Sondern dieser Disziplin wurde höchstens noch gefrönt bei der Umwerbung bei Beziehungsbeginn, wenn er seine Auserwählte umgarnte. Da war es im Frühling 1983 die üppig gebaute brünette Kirsten mit ihrer durch Dauerwellen hervorgerufenen Löwenmähne …

Sonnenstudio Hagen-Emst, den 13. Mai 1983

Liebe Kirsten,

nachdem wir uns heute mit den anderen Kollegen/Innen gemeinsam den Film im Gloria angeschaut haben, hast Du mich extra das Wasserlose Tal hoch nach

Hause gebracht. Nun sitze ich hier allein in meinem Sonnenstudio und denke an Dich, trinke ein Glas Wein, höre Musik und bin übervoll froh. Gerade singt Nena aus meinen Boxen:

>*›Ich hab' heute nichts versäumt*
>*Denn ich hab' nur von dir geträumt*
>*Wir haben uns lang nicht mehr gesehn*
>*Ich werd' mal zu dir rübergehn*
>*Alles was ich an dir mag, ich mein das so wie ich es sag*
>*Ich bin total verwirrt*
>*Ich werd' verrückt, wenn's heut passiert‹*

Nena spricht mir aus dem Herzen, denn ich glaube, ich hab mich in Dich verliebt. Ich glaube, es ist heut mit mir passiert. Ich hoffe, dass schockiert Dich nicht. Du bist ja schließlich verheiratet. Aber ich hab halt die Signale von Dir in starken Vibrations zu mir rüber fließen gefühlt. Wir können ja in aller Ruhe darüber sprechen, wenn wir zusammen nächste Woche Freitag zum Ina Deter-Konzert im Hohenlimburger Werkhof gehen werden.

Mit sonnigen Gefühlen von Danny

Ja, das war damals die aufgeregte Zeit der Neuen Deutschen Welle, als man sich aus Spaß am Telefon mit irgendeiner lustigen Bezeichnung meldete. So wie Danny hier mit seinem ›Sonnenstudio Hagen-Emst‹. Damit wollte er die Dame seines Herzens betören. Und es klappte ja auch prima. Wir können uns gut vorstellen, was damals 1983 mit Danny und Kirsten geschehen ist. Tatsächlich. Sie fuhren also eine Woche später zusammen zu Ina Deter und hörten dabei begeistert ihre Musik. Ina verkündete ihnen gerade ›Neue Männer braucht das Land‹, als sich die beiden zum ersten Mal zärtlich berührten. Danach machte Kirsten direkt ›Nägel mit Köpfen‹, dachte sich, »was die singt, kann ich schon lange«, und kam direkt noch in dieser Nacht mit in Dannys Bettchen. Und da haben die beiden natürlich keine Lieder zusammen gesungen, sondern ließen ihre heißen Körper sprechen und gleich übereinander herfallen. So lief das dann mit den beiden frisch Verliebten, bis der Sommer kam und lange vorher vereinbarte Ferien-Programme sie auseinander zogen. Dadurch kam es bei Danny durch den Auslandsaufenthalt seiner Angebeteten zu einer Renaissance der ›Leidenschaft in Briefkuvert‹.

Nova Park, de Haan in Belgien, 09.07.1983
(ganz wichtig: unser Haus hat die Nr. 158)

Lieber Sonnenstudio-Besitzer!
erste liebe Grüße aus Belgien sendet Dir in Dein verwaistes Sonnenstudio Deine
Herzallerliebste. Lieber Sonnenschein Danny, Du fehlst mir sehr! Ich denke oft an
Dich, hoffnungsvoll, liebevoll, zärtlich und oft auch sehr traurig, da Du so weit
weg bist. Ich habe Dich sehr lieb und denke sehr oft lieb, intensiv mit schönen war-
men, sonnigen und wohligen Gefühlen an Dich. Ich hoffe, auch Du hast ähnlich
gute und keine schmerzhaften Gefühle für mich. Ich vermisse Deine Zärtlichkeit
auf meinem Körper, Deinen Duft in meiner Nase. Er erregt mich, wenn ich nur
an Dich denke. Komme bald zu mir und erfülle meine Liebe. Ich erwarte Dich.

Mein lieber Sonnenschein, ich denke noch einmal ganz fest, lieb und heftig an
Dich, umarme Dich und küsse Dich. Und ich freue mich darauf, dass wir bald
wieder zusammen sein werden, wenn ich Dich meine Liebe spüren lasse und
Deine Liebe spüre. Ich weiß, es wird wunderschön.

›Oh, wie süß die Liebe ist, wenn sie noch süß ist. Zwei salzige, verschwitzte
Liebende, erwachend in einem von Liebe zerwühlten Bett. Und wie selten ist das.
In den Zeiten unseres Lebens, in denen wir das besitzen, wissen wir es kaum zu
würdigen. Es wird im Verlust höher geschätzt als im Besitz – wie so viele Dinge,
die wir unbekümmerten Menschen haben, unser Leben eingeschlossen.‹
aus ›Der letzte Blues‹ von Erica Jong
Bis bald, mein Lieber, alles Liebe und Gute
Deine Kirsten
Ich liebe Dich!

Das ließ sich Danny nicht zweimal sagen. Am nächsten Wochenende hatte er
nix besseres vor. Er tankte sein Auto voll und startete durch. Nur vier Stunden
später kurvte er durch das belgische Nordsee-Städtchen de Haan. Bald hatte er
sie gefunden: seine heiß geliebte Kirsten, als sie gerade mit ihrem Töchterchen
Justine und Freundin Chrissie zum Strand gehen wollte. Da war das Hallo aber
groß. Gemeinsam hatten sie einen schönen Sommer-Strandtag. Und abends
ging‹s ins Ferienhäuschen, Töchterchen ins Bettchen bringen, und dann seine
Herzallerliebste ins Bettchen bringen, die ihn gleich mit rein zog – ins Bett,
an sich, in sich: Sex – Liebe – Erfüllung – ihre Träume wurden Wirklichkeit.

Und einige Jahre und eine Beziehung später, ereilte Danny eine wahnsinnig intensive, da verbotene Leidenschaft mit seiner Traumfrau. Nennen wir sie mal June, wie auch Henry Miller seine Muse in »Wendekreis des Krebs« benannt hatte.

Ja, die Traumfrauen, die sind meist schon anderweitig vergeben oder gar verheiratet. So erging es auch Danny, in dieser Geschichte mit seiner imaginären Traumfrau. Ein Hauch, ein Traum und schon vorbei. War es nur ein Traum, so schnell, verhaucht, vergangen, oder hatte er es gar wirklich erlebt? Eines Tages überraschte ihn June, die er schon seit längerem mochte, mit einer lockigen Löwenmähne. Aus den langen glatten roten Haaren war durch eine Dauerwelle ein neues weibliches Outfit in Dannys Jugendfreizeit-Einrichtung gekommen. Seine ›Traumfrau‹ war auferstanden. Es wurde Sommer; es wurde heißer; die Kleidung freier und luftiger; die Sinne freier und schwebender. Und dann kam sie. Und ihre Erscheinung ließ Danny sofort denken: »zum Verlieben, diese Frau!« Jedenfalls sah June an dem Tag umwerfend aus in ihrer engen, strahlend weißen Jeans, der roten luftigen Bluse, darüber passend die rote Lockenpracht und das strahlende Lächeln einer jungen Frau in voller Blüte.

Denn sie war tatsächlich verheiratet: ein Tabu – eine verbotene ›Frucht‹ für Danny. Aber was sollte der Arme nur machen, wenn sich ausgerechnet die Traumfrau in ihn verliebte. Die flüsternde Zärtlichkeit brauchte nicht viel Überredungskunst: beide waren sie bereit, überbereit, denn das Vorspiel dauerte schon Wochen, ja Jahre lang, so leidenschaftlich, so weich, so zärtlich, so feucht, so wild, so geil, waren sie aufeinander, dass es nur natürlich war, wie endlich ihre Körper zueinander fanden, wie sie sich vereinten, verhakten, wild ineinander stoßend, stöhnend, schreiend, nass-feucht bumsend, Liebe gaben, nahmen, teilten, erlebten. Der ewige Mythos der Vereinigung – Sex – Frauen & Männer, das war auch das Thema unseres Traumpaares. Sie machten es sich gut; sie machten es sich lange; sie machten es sich zärtlich; sie machten es sich wild; sie liebten sich länger als die Musik lief; sie liebten sich länger, als die Kerze brannte, und hinterher, als sie auseinander gingen, war ihre Liebe noch stärker, waren sie für immer & ewig aneinander gebrannt, geschweißt. June schrieb ihrem Traumprinzen Danny nach ihrem gemeinsamen ›ersten Mal‹ einen Brief voller ›Leidenschaft im Briefkuvert‹:

Herdecke, den 28.07.1988

Geliebter Danny

Der Montagabend mit Dir kommt mir jetzt fast schon vor, als wäre er ein Traum gewesen. War es Wirklichkeit? Deine Nähe, Deine Wärme, Deine Liebe und Deine Zärtlichkeit! Oder war es doch nur einer meiner vielen Träume von Dir? Ich wusste vorher ja nicht, wie nah wir uns sein werden, aber ich bin einfach mit Dir auf der Wolke der Liebe weggeschwebt. Du warst ja auch bestechend! Bestechend ist für mich ein fester Begriff, der soviel wie unwiderstehlich bedeutet. Liebster, ich wollte Dich ganz und gar, mit Haut und Haar, mit Leib und Seele, und vielleicht ist es uns an diesem Abend gelungen! Ich glaub, ich bin hoffnungslos romantisch!

Wir werden uns ja jetzt wegen meines Urlaubs mit der Familie einen ganzen Monat nicht sehen können. Ich werde dann aber am 26. August mit wahnsinnig klopfendem Herzen zu Dir kommen! Wann werden wir noch mal soviel Zeit füreinander haben?

Ich werde Entzugserscheinungen haben, da ich keinen Brief, keinen Telefonanruf, nichts von Dir bekommen werde. Sehnsüchtig auf den Tag wartend, da wir uns wieder sehen werden, umarme und küsse ich Dich!

Deine June
P.s.: Ich liebe Dich!

Und dann hatte sie, die Traumfrau, einige Monate später den Silberring mit dem roten Halbedelstein von ihm geschenkt bekommen – zum halbjährigen Bestehen ihrer gemeinsamen Liebe. Dazu schrieb ihr Danny:

Hagen, den 21. Dezember 1988

Geliebte June,
diesen Ring sollst Du berühren und streicheln, wenn ich nicht da bin; dabei die Augen schließen; und Dir schöne Gedanken und Gefühle über mich und über uns machen, geliebte June

Dann merkst Du,
Ich liebe Dich
Dein Danny

Denn manchmal konnten sie sich wochenlang nicht sehen. Dann war es natürlich für die beiden Verliebten umso schöner, sich wieder in den Armen liegen zu können. Sie gefiel ihm fantastisch. Und er sehnte sich nach ihr, nach ihrer Liebe, nach ihrer Zärtlichkeit und nach der knisternden Erotik ihres verführerischen Körpers: seine Traumfrau.

Aber danach begann die Zeit der verzweifelten Telefonate und Briefe. Beide wurden sie – jeweils in ihrer eigenen Welt – runter gezogen von den Umständen ihrer unmöglichen Liebe. Die Moral der Gesellschaft und auch die Interventionen ihres Ehemannes Jost gaben ihnen keine Chance. June wurde dermaßen davon beeinflusst, dass sie sogar die wenigen kostbaren Momente, die sie noch zusammen hatten, nicht mehr genießen konnte. Die Sehnsucht nach ihm trieb sie zwar zu ihm, aber wenn sie beide dann zusammen waren, trieben sie ihre eigenen Schuldgefühle wegen ihres verzweifelten Ehemannes Jost zu Hause gleichzeitig auch wieder von Danny weg.

Dabei hatten doch Crosby, Stills, Nash and Young in den 70er Jahren so schön davon gesungen: ›If you can't be with the one you love, love the one you're with …‹

Das machte Danny natürlich erst recht fertig. Abgrundtiefe Traurigkeit sprach aus ihm. Während seiner Briefe und Telefonate. Er konnte es nicht verbergen. Warum sollte er June auch anlügen, seine einzige Vertraute in dieser Angelegenheit neben seinem treuen Freund Harry, dem ›einzigen Zeugen‹ aus Niedersachsen. Ihn hatte Danny in seiner Not angerufen. Mit ihm beratschlagte er seine unglückliche Liebe während seines Besuchs bei ihm. Denn dieser war ein in unglücklichen Lieben erfahrener Mann und gleichzeitig Ehemann und Familienvater von zwei kleinen Kindern. Er war fast so was wie ein literarisches Pendant zu June.

So war also aus Dannys Traumfrau eine Albtraum-Frau geworden …!?

Aber trotzdem hatte Danny noch einen Rest Optimismus für ihre schwierige Liebe übrig behalten, als er an seine June schrieb:

Hagen, den 12. März 1989

Geliebte June,
Du warst es vor neun Monaten, die mir meine desillusionierte Meinung über den Traumprinzen bzw. die Traumprinzessin ins Positive rückte. Du warst es, die mich eines besseren belehren wollte, die mich eines besseren belehrte. Ich hatte die ›große Liebe‹ gefunden! Und jetzt willst Du einfach aus meinem Leben verschwinden!? Das lasse ich nicht zu! Zumindest so lange nicht, bis ich es end-

*lich erlebt habe! Denn was im Moment alles so schräg und gegen uns läuft, diese
ganze Liebeskrise, das scheint mir doch alles nur eine Prüfung für unsere Liebe zu
sein. Hat denn je jemand behauptet, dass Liebe nur glücklich macht und schön
ist? Gab es nicht immer auch schon Gegenstimmen, die behaupteten, dass Liebe
und Leidenschaft von großem Leid und Schmerz begleitet werden? Das haben
wir jetzt. Aber ich möchte den Weg zu Ende gehen. Ich will es wissen. Ich bin kein
Irrealist. Ich möchte es zumindest erleben und wissen, was denn da eigentlich los
ist – mit unserer ›großen Liebe‹?*

*Ich sehne mich immer nur nach Dir, nach Deiner Zärtlichkeit. Dieses Gebiet
ist völlig von Dir besetzt, von Dir und der Sehnsucht nach Dir, Du meine geliebte
Traumfrau.*

*Unsere Liebe zueinander jedoch ist größer und wichtiger, geliebte June! Lass es
uns packen, lass es uns leben. Ich möchte es erleben, dass meine Traumfrau meine
Freundin wird, die ich in aller Öffentlichkeit jedem zeigen darf, mit der ich in aller
Öffentlichkeit jedem unsere Verliebtheit zeigen darf, mit der ich Händchenhalten,
küssen und turteln darf. Denn wirklich große, wahre Liebe ist doch etwas Gutes
und kann nichts Schlechtes sein. Also jeder muss es doch eigentlich verstehen und
akzeptieren können.*

Geliebte June. Dann merkst Du, Ich liebe Dich
Dein Danny

Danny war gespannt, wie es weitergehen sollte, mit seiner Traumfrau June
und ihm? Sie schrieb ihm:

Herdecke, den 13. April 1989
Geliebter Danny,
*Du mein liebster Mensch auf Erden. Ich will Dich nicht verlieren, denn ich liebe
Dich. Ich küsse Dich und spüre Deine Lippen auf meinem Mund und spüre Deine
Hände, die mich streicheln und auf meinem Körper spazieren gehen, dass es mir
wie ein prickelnder Schauer durch und durch geht.*
Deine June

*P.s.: ›Die Erfahrung lehrt uns, dass die Liebe nicht darin besteht, dass man ein-
ander ansieht, sondern dass man gemeinsam in gleicher Richtung blickt.‹*
Antoine de Saint-Exupery

Das rührte doch Danny bis ins Tiefste, dass sie noch so viel für ihn empfand, trotz aller Probleme, in der ihre schwierige Beziehung steckte. So stand also für Danny auf jeden Fall fest:

Hagen, den 28. April 1989

»Geliebte June,
Ich liebe Dich sehr viel und unendlich und grenzenlos, liebste June!
Dein Dich ewig liebender Danny«

Ja, die ewige Liebe. Zwar schrieb er ihr davon, zwar glaubte auch sie daran, aber letztlich war es dann zwei Monate später vorbei mit den beiden: aus der Traum! Sie hatte sich dann doch für ihren Ehemann Jost entschieden. Die schöne Zeit mit seiner Traumfrau war für Danny ausgeträumt...

Auf den Spuren der einstigen Brieffreundin

Empfänger unbekannt verzogen

Ein paar Jahre nach der Wende 1989, es muss so etwa Mitte bis Ende der 1990er Jahre gewesen sein, überkam Danny auf einmal aus heiterem Himmel die Idee, nach seiner früheren Brieffreundin Brigitte zu forschen. Flugs kramte er seinen alten Taschenkalender von 1971 heraus. Und siehe da: dort stand sie ja noch drin, die liebe gute alte Winny, unter folgender Adresse: Brigitte Schöller, X-7031 Leipzig, Waldstr. 9, DDR.

Immer noch mit dem lustigen X vor der Leipziger Postleitzahl.

So schrieb er dann einen flotten, aber herzigen Brief an seine vormalige Brieffreundin Winny aus Leipzig, bloß halt nicht mehr in die DDR, sondern mittlerweile innerhalb von Deutschland. Er wollte sich halt mal erkundigen, wie es ihr denn so geht, was aus ihr so geworden war.

Doch das Rätsel wollte man ihm nicht so einfach lösen. Denn nach einigen Wochen kam sein Brief ungeöffnet zurück. Dafür prangte ein dicker Stempel drauf:

›EMPFÄNGER UNBEKANNT VERZOGEN‹

»Na ja«, dachte Danny, »dann eben nicht. Da kann man nix machen. Dann ist sie wohl für mich weg – für immer aus den Augen verschwunden?« Danny fand es zwar schade, aber er verfolgte seine Idee damals nicht weiter, Winny zu finden.

Google trifft

Wie das dann immer so kommen mochte – Danny war inzwischen verheiratet und ging auf die Sechzig zu. Da erinnerte er sich an diese aufregende Zeit der Brieffreundschaften, Ende der 60er Jahre und fragte sich wieder einmal, was denn wohl aus seiner Leipziger Brieffreundin Winny geworden war? Also begann er im Jahre 2010 einfach mal, im Internet nach ›Brigitte Schöller‹ zu googeln.

Die erste hieß Brigitte Helten-Schöller und hatte die Telefon-Nr. (02 08) 3 02 79 65. Diese Brigitte hatte Danny zwar recherchiert, sich aber dann doch nicht getraut, sie anzurufen. Er bevorzugte den einfacheren und modernen Weg der E-Mails.

Eine weitere Brigitte Schöller fand Danny, und zwar hieß sie Brigitte Nürnberg-Schöller. Sie war anscheinend an der Uni Halle beschäftigt. »Na ja«, dachte er sich, »die Stadt Halle in Sachsen-Anhalt liegt nicht so weit von Leipzig weg. Das könnte sie vielleicht sein? Und auf dem beigefügten Foto sah diese Frau auch ganz sympathisch aus.« Da stand dann unter Fachleitung: Brigitte Nürnberg-Schöller; Zuständigkeit: Universitätsklinik und Poliklinik für Augenheilkunde, Anästhesiologie und operative Intensivmedizin, Hals-, Nasen-, Ohrenheilkunde, Kopf- und Halschirurgie, Diagnostische Radiologie, Nuklearmedizin und Strahlentherapie. »Oho, ne große Nummer«, überlegte Danny. Er fand die Büro-Anschrift am Standort: Universitätsklinikum Halle (Saale); Pflegedienstdirektion: Ernst-Grube-Straße 40; 06120 Halle, im Bettenhaus II, Ebene 0, Zimmer 25. Dazu die Telefon-Nummer: (0345) 557 1690. Aber das wichtigste war für ihn die E-Mail-Adresse, denn dadurch konnte er sie online anschreiben: brigitte.nuernberg@medizin.uni-halle.de Ihr schrieb Danny also sogleich eine E-Mail:

@ von: Danny Kowalski
Datum: 06.12.2010 11:51:05
An: brigitte.nuernberg@medizin.uni-halle.de
Betreff: Sind Sie die Brigitte Schöller aus Leipzig?

Sehr geehrte Frau Nürnberg-Schöller,
sind Sie die Brigitte Schöller aus Leipzig? Ich frage das deshalb, weil ich Ende der 60er Jahre eine Brief-Freundin aus Leipzig hatte, namens Brigitte Schöller. Wir waren damals beide so ca. 17 Jahre alt. Jetzt interessiert es mich, was aus ihr geworden ist. Ich würde mich freuen, wenn Sie mir antworten würden, ob Sie die Brigitte Schöller aus Leipzig sind oder nicht. So oder so: alles Liebe und Gute
wünscht Ihnen
Danny Kowalski

Aber diese Frau Nürnberg-Schöller hatte ihm nie geantwortet. »Da kann man leider nix machen«, dachte Danny.

Danny fand noch eine weitere Brigitte Schöller. Denn alle guten Dinge sind ja bekanntlich drei. Diese Brigitte jedenfalls lebte in München. Sie war von Beruf Administrations- und Logistik-Managerin mit diversen Qualifikationen wie Krankenpflege, Erfahrung in der Organisation und Bürotätigkeiten. Ihre Sprachen: Deutsch und Englisch. Sie unterstützte Projekte in Mbeya, Tansania und ihre Hobbys waren Reisen, Radfahren und Freunde treffen. Na, glücklicherweise gab es dann bei ihr unter Kontakt-Information eine E-Mail-Adresse: schoeller@lrz.uni-muenchen.de. Natürlich auch eine Telefon-Nr. 049-89-218017601, aber die interessierte Danny nur peripher, denn er wollte lieber online per E-Mail schreiben. Auch dieser Brigitte Schöller schrieb er 2010 ein E-Mail:

@ von: Danny Kowalski
Datum: 06.12.2010 12:00:38
An: schoeller@lrz.uni-muenchen.de
Betreff: Sind Sie vielleicht Brigitte Schöller aus Leipzig?

Sehr geehrte Frau Schoeller,

… … …

Er schrieb ihr den gleichen Brief wie den an Frau Nürnberg-Schöller. Und siehe da, diese antwortete wenigstens, auch wenn sie es nicht war:

@ von: Brigitte Schöller
Datum: 06.12.2010 12:11:54
An: Danny Kowalski
Betreff: AW: Sind Sie vielleicht Brigitte Schöller aus Leipzig?

Nein bin ich nicht, SORRY
Viele Grüße

Nach dieser Antwort und seinen vergeblichen Anläufen ließ Danny sein Vorhaben erst mal einige Zeit ruhen und dachte sich: »Da kann man halt nix machen …«

Archiv Leipzig gräbt

Am 13.10.2011 beschloss Danny, Ernst zu machen. Denn während einer Reha im Sommer 2011 in Mölln hatte er zwei Mitpatientinnen aus Sachsen-Anhalt, Marianne Sluschek und Ellen Köchlin, kennen gelernt. Die hatten ihm vorgeschlagen, seine alte Brieffreundin aus der DDR per Meldeamt in Leipzig zu suchen. Also suchte Danny im Internet die Telefonnummer des Einwohnermeldeamtes in Leipzig heraus und rief dort unter der Nummer (0341/123 – 0) an. Er hatte einen netten Herrn mit sächsischem Akzent an der Strippe. Herr Paul teilte mit, dass diese Information 6,30 € Gebühren kostete, und wie er an seine gewünschte Auskunft kommen könnte. Er sollte eine formlose Anfrage ans Meldeamt der Stadt Leipzig mit der E-Mail-Adresse <u>melderegisteranfragen@</u> <u>leipzig.de</u> stellen. Herr Paul war so nett, dass er mit Danny sogar über Leipziger Fußball-Vereine plauderte. Denn Dannys früherer DDR-Lieblingsverein war Lokomotive Leipzig. Auf jeden Fall sandte Danny noch am 13.10.2011 eine E-Mail nach Leipzig mit einer Melderegister-Anfrage wegen Brigitte Schöller.

@ von: Kowalski, Danny
Gesendet: Donnerstag, 13. Oktober 2011 09:31
An: ›melderegisteranfragen@leipzig.de‹
Betreff: Melderegister-Anfrage wg. Brigitte Schöller

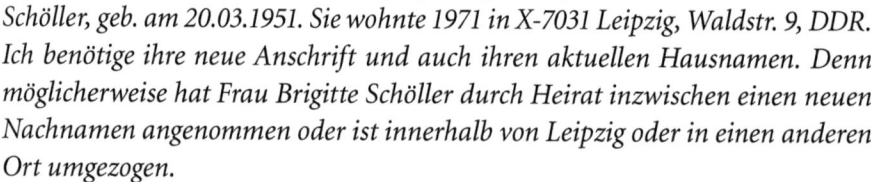

Sehr geehrte Damen und Herren des Ordnungsamtes der Stadt Leipzig,

Ich habe eine Melderegister-Anfrage bzgl. Brigitte Schöller, geb. am 20.03.1951. Sie wohnte 1971 in X-7031 Leipzig, Waldstr. 9, DDR. Ich benötige ihre neue Anschrift und auch ihren aktuellen Hausnamen. Denn möglicherweise hat Frau Brigitte Schöller durch Heirat inzwischen einen neuen Nachnamen angenommen oder ist innerhalb von Leipzig oder in einen anderen Ort umgezogen.

Ich wäre Ihnen sehr verbunden, wenn Sie mir die entsprechende Meldeauskunft per E-Mail zusenden könnten.

Mit freundlichen Grüßen

Danny Kowalski

Die waren dort so was von schnell, dass Danny noch am gleichen Tag ein Fax von Maria Feine aus dem Leipziger Ordnungsamt bekam.

Stadt Leipzig, Ordnungsamt, Melde-, Pass- und Personalausweisbehörde
Prager Str. 136, 04317 Leipzig
Sachbearbeiterin: Maria Feine, Raum: A.2.083
Tel.: 0341/123-4883, Fax: 0341/123 – 4884
Ihr Zeichen: 13.10.2011, Mein Zeichen: Fei/32.83
Datum: 13.10.2011
Auskunft aus dem Melderegister der Stadt Leipzig, zu: Frau Brigitte Schöller

Sehr geehrter Herr Kowalski,
Ich bestätige den Erhalt Ihrer Anfrage vom 13.10.2011 bezüglich einer Auskunft aus dem Melderegister zu oben genannter Person. Die von Ihnen gesuchte Person konnte im aktuellen Melderegister als gemeldet bzw. gemeldet gewesen nicht ermittelt werden. Da es sich bei Ihrer Anfrage um eine Archivauskunft handeln könnte, wurde Ihr Antrag an das Stadtarchiv Leipzig, Torgauer Straße 74 in 04318 Leipzig abgegeben. Dort befinden sich die archivierten Meldedaten ab ca. 1952. Da in unserem Haus kein Treffer für Sie erzielt wurde, sind an uns keine Gebühren zu entrichten. Im Archiv Leipzig kostet eine halbe Stunde Suche 20,-- Euro. Sie erhalten von dort Bescheid mit einer Rechung. Betrachten Sie dieses Schreiben als Zwischenbescheid.
Mit freundlichen Grüßen
Im Auftrag
M. Feine, Sachbearbeiterin

Da konnte sich Danny aber freudig und ruhig zurücklehnen. Wenn das Ordnungsamt Leipzig so zügig reagierte, dann würde er vom Leipziger Archiv bestimmt auch bald eine Antwort bekommen, auch wenn es etwas teurer würde. Und siehe da. Nur eine knappe Woche später, schon am 19.10.2011, hatte Danny seine Antwort. Und nicht nur das. Er wusste nun sogar, wohin seine damalige Brieffreundin Brigitte Schöller gezogen war.

@ von: Sybille Horten [sybille.horten @leipzig.de]
Gesendet: Mittwoch, 19. Oktober 2011 15:39
An: Kowalski, Danny
Betreff: Meldeauskunft

Meldeauskunft Brigitte Schöller, Ihre E-Mail vom: 13.10.2011
Sehr geehrter Herr Kowalski,
  Ihre Anfrage an die Meldebehörde der Stadt Leipzig wurde zur weiteren Bearbeitung an das Stadtarchiv abgegeben, da im aktuellen Melderegister bzw. der Daten der letzten zehn Jahre keine Angaben zu der genannten Person vorlagen.
  In der hier vorliegenden Meldekartei der Stadt Leipzig, welche im Zeitraum von ca. 1952 bis ca. 1990 geführt wurde, konnte folgendes ermittelt werden:
  Brigitte Schöller, geb. am 20.03.1951, wohnhaft in der Waldstraße 9, verzog am 11.07.1974 in die ›BRD‹, Harthhausen Krs. Eßlingen, Jahnstr. 2.
  Anbei eine Rechung über 20,-- € Gebühren für die Archivsuche.
  Mit freundlichen Grüßen
  Im Auftrag
  Sybille Horten, Sachbearbeiterin
  Stadt Leipzig, Der Oberbürgermeister, Hauptamt, Stadtarchiv (10.3)
  Postanschrift: Stadt Leipzig, Stadtarchiv, 04092 Leipzig
  Hausanschrift: Stadt Leipzig, Stadtarchiv, Torgauer Straße 74, 04318 Leipzig
  Tel.: 0341 2429-713, Fax: 0341 2429-714
  E-Mail: sybille.horten@leipzig.de
  AZ: 74.52.08/4

Der Rest war danach für Danny eine seiner leichtesten Übungen. Er recherchierte erst mal ›Harthhausen‹ im Internet. Dabei stellte er fest, dass sich der Ortsname nicht mit Doppel-›h‹ schrieb, also nur Harthausen, und dass es sich um einen Stadtteil von Filderstadt handelte, gelegen im Landkreis Esslingen. Also rief er bei der Stadtverwaltung Filderstadt eine nach der anderen im Internet-Telefonbuch heraus gefundenen Telefonnummern an: 0711/99709642, 0711/99709643 und 0711/7079708. Aber nirgendwo ging einer dran: »Nanu, was ist das denn? Werktagsvormittags und die ›fleißigen Schwaben‹ in Filderstadt arbeiten gar nicht?« Aber einen Trumpf hatte er noch im Ärmel, das Stadtarchiv Filderstadt: 07158/8219. Hier hatte er endlich Glück, denn es meldete sich Herr Pfisterer. Danny erzählte ganz schüchtern, dass er auf der Suche nach Brigitte Schöller wäre, die 1974 von Leipzig nach Harthausen umgezogen war. Aber da meinte der freundliche Herr Pfisterer spontan und aufgeräumt: »Ah ja, da sind Sie mit Ihrem Anliegen goldrichtig, hier bei mir im Stadtarchiv Filderstadt. Allerdings müssten Sie sich erst einmal beim Einwohnermeldeamt Filderstadt-Harthausen erkundigen. Nur wenn die keine aktuellen Angaben zu der gesuchten Person machen können, dann bin ich wieder im Spiel.« »Aha«, fragte Danny, »hätten Sie nicht zufällig eine Telefonnummer von diesem Einwohnermeldeamt Filderstadt-Harthausen?«

»Ja klar. Einen Moment«, gab Herr Pfisterer freundlicherweise die gewünschte Auskunft, »das ist nämlich das Bürgeramt Harthausen. Die haben die Nummer 07158/5018. Ja, dann viel Erfolg. Und wie gesagt: wenn Sie dort nicht weiter kommen, weil das mit dem Umzug von Leipzig nach hierhin ja schon 37 Jahre her ist, dann melden Sie sich noch mal bei mir im Stadtarchiv. Da werden wir schon was für Sie finden.« »Danke für die freundliche Auskunft. Und einen schönen Tag noch weiterhin«, wünschte Danny dem äußerst zuvorkommenden Herrn Pfisterer.

Und Danny war nun fast am Ende des Regenbogens angelangt. Er rief mit frischem Elan das Bürgeramt Harthausen an. Dort meldete sich eine Frau Schädle. Sie klärte ihn über die Gebühren von 10,-- € auf, die er als Verrechnungsscheck mit einer schriftlichen Anfrage vorab zuschicken musste. Er sandte alles an die angegebene Adresse: Bürgeramt Harthausen, Grötzinger Str. 7 in 70794 Filderstadt.

Von Frau Schädle bekam er schon eine Woche später die schriftliche Antwort: »Brigitte Schöller heißt jetzt Brigitte Gertle. Die aktuelle Anschrift lautet Enzinger Str. 17 in 70794 Filderstadt-Harthausen.«

Danny war voller weiterer Vorfreude, recherchierte sofort im Internet-Telefonbuch und wurde auch ganz schnell fündig: Gertle, Werner + Brigitte, Enzinger Str. 17, 70794 Filderstadt-Harthausen, Tel.: 07158 – 44916.

»Jetzt hab ich sie«, freute er sich.

Und er rief sofort bei der Familie Gertle an, mit klopfendem Herzen, aber immerhin: er traute sich. Es klingelte lange. Er wollte schon auflegen, als er eine vorsichtige Frauenstimme hörte: »Gertle«. Danny meldete sich ganz vorsichtig: »Spreche ich mit Brigitte Gertle, geborene Schöller, früher wohnhaft in Leipzig, Waldstr. 9?«

»Ja«, antwortete die überraschte Brigitte, »ja, die bin ich. Und wer spricht da?«

Es war tatsächlich Brigitte, wie Danny mit großer Freude feststellte.

»Ich bin es, Danny Kowalski, dein früherer Brieffreund aus den 60er Jahren. Erinnerst du dich?« Danny hatte zwar seine frühere Brieffreundin aus Leipzig nach über 40 Jahren wieder gefunden, aber sie wusste erst gar nicht, wo sie ihn hinstecken sollte. »Nein«, entgegnete ihm Brigitte, »ich weiß im Moment nicht so recht, wer du bist.« Aber als Danny ihr von dem damaligen Briefwechsel zwischen Datteln und Leipzig berichtete, da klickte es an der richtigen Stelle in Brigittes Gedächtnis: »Ach, du bist das – der Junge aus Datteln. Warum hast du das nicht gleich gesagt.« Ja, und damit war das Eis gebrochen. Brigitte taute auf und redete wie ein Wasserfall. Sie konnte gar nicht mehr aufhören, mit ihren Berichten, wie es ihr seit damals ergangen war. Danny kam kaum dazwischen, aber er freute sich trotzdem total, dass er erstmalig in seinem Leben Brigittes Stimme hören konnte. »Sag mal, liebe Brigitte, erzähl doch mal, wie du deine Ausreise 1974 geschafft hast.«

»Ja, das war so«, kramte Brigitte gerne und bereitwillig in ihrem Gedächtnis, »ich hatte mich auf der Leipziger Messe ausgerechnet in einen Wessi verliebt, eben diesen Werner Gertle. Aber es war ganz schwierig mit uns beiden, da wir uns immer nur so selten sehen konnten, und zwar dann, wenn er auf der Leipziger Messe war. Ich selber konnte natürlich nicht in die BRD. Das ging ja überhaupt nicht damals. Ja, und dann wurde ich von ihm schwanger. Unsere Tochter Jessica kam 1970 auf die Welt. So waren Werner und ich wenigstens ein kleines bisschen verwandt. Aber heiraten lassen wollten die DDR-Oberen uns zuerst trotzdem nicht. Wir hatten zwar schon recht bald einen Heiratsantrag gestellt, der wurde aber erst nach einigen Jahren genehmigt. Und dann waren wir verheiratet. Und ich stellte einen Ausreise-Antrag, der natürlich erst mal abgelehnt wurde. Aber irgendwann im Sommer 1974 durfte ich plötzlich ausreisen; und dann ging es Hoppla-Hopp.«

Dannys geheime Vermutung zu dieser plötzlichen Wendung war dagegen die folgende: »1974 war doch im Sommer die Fußball-WM in der BRD. Und dort gewann doch in der Vorrunde die DDR mit 1 : 0 gegen die BRD durch das historische Tor von Jürgen Sparwasser. Danach waren die DDR-Offiziellen so im Begeisterungstaumel, dass sie Brigitte ausreisen ließen …!?«

Na ja, jedenfalls tauschten Danny und Brigitte ihre Telefon-Nummern aus und dann auch noch ihre E-Mail-Adressen: Brigitte‹s E-Mail: <u>brigitte.gertle@</u> <u>googlemail.com</u> und die ihres Ehemannes: <u>werner.gertle@web.de</u>

Brigitte hatte noch alte Fotos von sich und von Danny aus den 60er Jahren, die sie einscannen und Danny zusenden wollte. Denn sie berichtete, dass sie damals 1974 bei der plötzlichen Ausreise alles zurück lassen musste, nur eine Tasche mit Kleidung und ein Fotoalbum hatte sie mitnehmen können. Danny war einen Tag später total überrascht, als er eine ganze Serie von Fotos per E-Mail von Brigitte geschickt bekam. Auch das Foto, mit dem sie den jungen Danny 1969 becirct hatte, war dabei. Sodann eines von ihr, als sie 30 Jahre alt war, zusammen mit ihrem Mann Werner. Und außerdem noch zwei aktuelle Fotos: sie als schicke 60-jährige und mit ihrem Enkel auf dem Arm. Sie mailte ihm auch fünf Schwarz-Weiß-Fotos aus Dannys Jugendzeit in Datteln, wovon er von zwei Fotos gar nichts mehr wusste. Und die Freude über all die schönen Fotos von Brigitte und ihm als Jugendlichen war natürlich riesig.

Schwaben-Express

Brigitte hatte ja Danny bereits im Oktober 2011 am Telefon erzählt, wie sie ihre Ausreise 1974 geschafft hatte. Bei ihrem nächsten Telefonat am 22.12.2011 erfuhr er wieder einiges Neues über sie. Brigitte hatte Jahrzehnte als Sekretä-rin gearbeitet. Jetzt war sie seit einem halben Jahr Rentnerin. Daher schrieb sie auch nicht mehr so gerne am PC, weil sie das jahrelang beruflich machen musste. Sie telefonierte lieber. Und dieses Telefonat dauerte dann auch gleich mal 48 Minuten. Sie erzählte: »Also, hörst du, Danny, das war so damals. Ich habe mich ja auf der Leipziger Messe in meinen Mann Werner Gertle verliebt. Den hatte ich in Leipzig über seinen Vater kennen gelernt, der mich 1968 als Besucher der Leipziger Messe mal nach dem Weg gefragt hatte. Da war ich 17 Jahre alt. Ich stieg dann mit ins Auto und zeigte ihm den Weg. Er wiederum berichtete mir von seinem Sohn Werner, der war damals 19, also zwei Jahre älter als ich. Den brachte er dann zur nächsten Leipziger Messe mit. Und so verliebten wir uns 1969. Und dann kam Jessica, unsere Tochter 1970 zur Welt. Ich war ja 1969 mit 18 Jahren in der DDR schon volljährig, aber Werner mit 20 Jahren in der BRD noch nicht. Ich selber bin ja nur 1,65 m groß. Damals war ich Wettkampf-Schwimmerin in Leipzig. Ich war da zusammen mit anderen Schwimm-Freundinnen aus der ganzen DDR zu einem Kader in Leipzig zusammengeführt worden. Meine Lieblings-Disziplinen waren Rücken, Kraul und Delfin, aber nicht Brust.« Da ähnelte sie Danny. Er war ja auch im Schwimmverein und schwamm am liebsten Wettkämpfe in den Disziplinen Rücken und Kraul. Brigitte berichtete dann weiter über sich: »Ich stand damals auf große Männer, da ich immer gerne Schuhe mit hohen Absätzen trug. Mein Mann Werner war und ist 1,93 m groß. Aber er war blond, und ich stand doch eigentlich auf dunkelhaarige Männer. Na ja, groß war er ja dann immerhin. So ist auch unsere Tochter Jessica mit 1,80 m relativ groß für eine Frau.«

Ab 1972 begannen aufgrund der Friedens- und Entspannungspolitik von Willy Brandt die ersten Entspannungsbemühungen zwischen BRD und DDR. So kam es zu ersten Familien-Zusammenführungen.

Brigitte erzählte weiter: »Ich wohnte ja in Leipzig, in der Waldstr. 9, das weißt du ja noch. Das war so ein Mietshaus. Aber meine Eltern, die ›besaßen‹ ein Haus an anderer Stelle in Leipzig. Das machte aber immer nur Ärger und Arbeit. Und es warf so gut wie keinen Profit ab, da die damalige DDR als sozialistischer Staat eigentlich ja keinen Profit erlaubte. Deshalb gab es ein geflügeltes Wort damals im sozialistischen Bruderstaat DDR für solche und ähnliche ›armen Hauseigentümer‹, wie meine Eltern es waren. Und zwar über den Profit als Hauseigentümer: > Dafür ist dann eine Weihnachtsgans am Jahresende immer drin.< « Und lachte dabei wieder ihr schelmisches Winny-Lachen. Aber dieses Haus hatten Brigittes Eltern längst verkauft. Nur einen Garten mit Häuschen drauf bei Leipzig, so ne Art Datsche, hatten sie behalten. Dieses Wochenend-Häuschen wurde jetzt von Brigitte und ihrem Mann weiter bewirtschaftet. Einmal pro Jahr fuhren sie zu Besuch dorthin. Sonst kümmerte sich ein Verwalter darum.

Und dann hatte Brigitte noch eine Überraschung für Danny. Sie hatte eine Freundin von früher, die Heidi, und die wiederum wohnte in Lüdenscheid. Die hatte sie 2010, also im Jahr zuvor besucht. Dafür war sie mit dem Zug nach Hagen gefahren. Und dort am Hagener Hauptbahnhof war sie sogar ausgestiegen, um sich mit Heidi zu treffen. Danach waren sie irgendwohin im Sauerland wandern. Das wäre ja ein Dingen gewesen? Da hätte Danny sie schon 2010 zufällig treffen können. Aber sie hätten sich beide vermutlich nicht erkannt, wenn sie am Hagener Hbf-Vorplatz aneinander vorbei gegangen wären. Denn sie kannten sich ja nur von alten Fotos.

Sächsinnen feuern an

Nach seinem grandiosem Erfolg bei der Suche und dem letztendlichen Auffinden seiner ehemaligen Leipziger Brieffreundin aus den 1960er Jahren wollte Danny seinen Reha-Mitpatientinnen von 2011 aus Sachsen-Anhalt diese Information nicht vorenthalten. Als erstes schrieb er deshalb an Marianne per E-Mail:

@ von: DKowalski@gmx.de
Datum: 21.10.2011 21:55:58
An: familie.sluschek@gmx.de
Betreff: Überraschung – hab mit meiner Leipziger Brieffreundin von 1969 telefoniert

Liebe Marianne,
vielen Dank für deine E-Mail vom 18.10.2011, über die ich mich sehr gefreut habe.
Aber jetzt kommt's. Die Überraschung für dich: ich hab mit meiner Leipziger Brief-Freundin von 1969 telefoniert. Ich hatte euch doch davon erzählt, dass ich sie gerne finden würde. Und du meintest, dann sollte ich doch einfach mal über das Einwohnermeldeamt in Leipzig herausfinden, was aus ihr geworden ist. Das habe ich dann auch gemacht. Und zwar erst telefonisch, dann per E-Mail als Melde-Auskunft. Die meldeten sich recht schnell per Fax, dass sie nichts von 1969/1970 über diese Person hatten, aber dass sie deshalb den Vorgang ins Leipziger Stadt-Archiv weitergeleitet haben. Und die dort antworteten mir schon eine Woche später mit dem gewünschten Ergebnis, wohin Brigitte gezogen war. Sie war schon 1974 in die damalige BRD ausgereist. Eigentlich wollte ich sie 1969 wegen unserer leidenschaftlichen Brief-Freundschaft besuchen, damit wir uns näher hätten kennen lernen können. Aber das wurde uns damals nicht erlaubt, da wir ja nicht mit einander verwandt waren.
Dann forschte ich jetzt aktuell direkt weiter. Ich telefonierte zuerst mit dem Stadt-Archiv von Filderstadt, nähe Stuttgart. Die gaben mir die Tel.-Nr. des zuständigen Einwohnermeldeamtes. Dort rief ich an und bekam eine Woche später per schriftlicher Auskunft den neuen Namen (denn Brigitte war erwartungsge-

mäß verheiratet) und die aktuelle Adresse. Danach brauchte ich nur noch im Internet-Telefon-Buch zu schauen und fand die Tel.-Nr. von Brigitte und ihrem Mann. Flugs wählte ich diese Nummer, und hatte tatsächlich, nach über 40 Jahren, plötzlich meine damalige Brief-Freundin Brigitte von 1969 am Telefon und hörte zum ersten Mal überhaupt ihre Stimme. Da war die Überraschung groß. Und schnell sprudelte es im Überschwang der Begeisterung nur so aus ihr heraus. Na guck, das habe ich nur dir und Ellen zu verdanken. Denn ohne euer gutes Zureden hätte ich diese Suche erst gar nicht begonnen.

Alles Liebe und Gute wünscht dir dein Reha-Tisch-Nachbar
Danny

Danny bekam auch gleich Antwort.

@ von: familie.sluschek@gmx.de
Datum: 22.10.2011 17:10:10
An: DKowalski@gmx.de
Betreff: Re: Überraschung – hab mit meiner Leipziger Brieffreundin von 1969 telefoniert

Hallo Danny,
toll, so eine positive Nachricht von dir zu hören. Ich habe doch tatsächlich eine Gänsehaut bekommen. Auf einigen Umwegen hast du es nun geschafft und konntest sie erreichen. Es freut mich sehr für dich. Gestaunt habe ich mächtig über ihren Umzug in die BRD, das hat man doch nicht so einfach machen können? Glück gehabt – oder abgehauen?

Vielleicht bis zum nächsten Mal.
Deine Tischnachbarin Marianne

Die Fragen von Marianne konnte und wollte Danny natürlich gerne beantworten:

@ von: DKowalski@gmx.de
Datum: 22.10.2011 21:37:37
An: familie.sluschek@gmx.de
Betreff: wie meine Leipziger Brieffreundin 1974 in die BRD kam

Liebe Marianne,
vielen Dank für deine E-Mail vom 22.10.2011, über die ich mich sehr gefreut habe. Besonders, da du solch einen Anteil an meiner damaligen Brief-Freundschaft nimmst. Zu Recht fragst du dich, wie sie damals ihren Umzug in die BRD geschafft hatte? Glück gehabt – oder ist sie abgehauen? Ja, das habe ich auch gedacht. Also etwa in der Zeit von 1969 hatten wir noch eine leidenschaftliche Brief-Freundschaft, und 1974 wohnte sie schon in Filderstadt-Harthausen. Tatsächlich, dachte ich, meine damalige Brief-Freundin Brigitte hat aber eine recht ›ordentliche Schlagzahl an den Tag‹ gelegt. Sie erzählte mir letztens am Telefon, wie sie ihre Ausreise 1974 geschafft hatte. Sie hatte sich auf der Leipziger Messe in einen Wessi verliebt, eben in ihren zukünftigen Mann Werner. Sie konnte natürlich nicht in die BRD. Und dann wurde sie von ihm schwanger. Die Tochter kam 1970 auf die Welt. So waren sie wenigstens ein kleines bisschen verwandt. Aber heiraten lassen wollten die DDR-Oberen sie zuerst nicht. Sie hatten schon recht bald einen Heiratsantrag gestellt, der aber erst nach einigen Jahren genehmigt wurde. Dann waren sie endlich verheiratet. Sie stellte einen Ausreise-Antrag, der erst mal abgelehnt wurde. Aber irgendwann im Sommer 1974 durfte sie plötzlich ausreisen; und dann ging es Hoppla-Hopp.
  Alles Liebe und Gute wünscht dir Danny

Marianne beantwortete dann auch diese E-Mail:

@ von: familie.sluschek@gmx.de
Datum: 13.11.2011 13:33:21
An: DKowalski@gmx.de
Betreff: Re: wie meine Leipziger Brieffreundin 1974 in die BRD kam

Hallo Danny,
heute mal wieder ein paar Grüße von mir. Natürlich habe ich deine letzte E-Mail mit Interesse gelesen, aber ich sitze relativ wenig am PC, darum heute erst eine Antwort. Sonst ist alles okay, was ich auch von dir hoffe. Lass es dir weiterhin gut gehen.
  viele Grüße von Marianne

Und dann hatte Danny ja auch noch eine andere sächsische Mitpatientin bei seiner ersten Reha 2007 in Bad Gandersheim kennen gelernt. Tanja kam sogar direkt aus Leipzig und war die einzige aus seiner ganzen Reha-Gruppe, mit der er auch noch 4 Jahre später hin und wieder E-Mail-Kontakte pflegte:

@ von: DKowalski@gmx.de
Datum: 03.11.2011 16:51:55
An: LentTanja@web.de
Betreff: für Tanja – alte Brief-Freundschaft mit einer Leipzigerin

Liebe Tanja,
das war ja ne schöne Überraschung, mal wieder was von dir zu hören. Ich habe mich sehr gefreut, dass du dich gemeldet hast. Du bist ja auch eine Leipzigerin, und von daher müssten diese News für dich vielleicht besonders interessant sein. Auf jeden Fall sehr interessant war das für zwei Mit-Patientinnen aus Sachsen-Anhalt aus meiner diesjährigen Reha in Mölln, die mit mir an einem Tisch saßen. Die waren so begeistert von meinen Erzählungen, dass sie mir rieten, doch einfach mal das Meldeamt in Leipzig anzurufen, um zu erfahren, was aus meiner Leipziger Brief-Freundin geworden ist. Sie haben mich dazu animiert, und hier das Ergebnis. Ende der 60er Jahre hatte ich viele Brieffreundinnen. Eine davon war eine Brigitte aus Leipzig, mit der mich zeitweise eine heftige ›Leidenschaft im Briefkuvert‹ verband. Von ihr hab ich seit 40 Jahren nichts mehr gehört. Du glaubst es nicht - letztens hab ich mit ihr telefoniert. Und das kam so....
   (Hier berichtet ihr Danny, wie er es geschafft hatte, an die aktuelle Adresse seiner früheren Leipziger Brieffreundin von 1969, jetzt in Baden-Württemberg, heran zu kommen)
   So schnell kann‹s gehen.
   Auf jeden Fall viel Spaß bei dieser Ost-West-Tatsachen-Geschichte und weiterhin alles Gute und alles Liebe
   wünscht dir Danny

Danny freute sich natürlich, auch bei Tanja wegen seiner Ost-West-Romanze auf eine positive Resonanz gestoßen zu sein:

@ von: LentTanja@web.de
Datum: 12.12.2011 21:58:10
An: DKowalski@gmx.de
Betreff: Re – von Tanja – alte Brieffreundschaft letztens

Hallo Danny, so, will mich nun auch endlich mal melden. Habe wirklich mit Begeisterung die Geschichte mit deiner Brieffreundin gelesen. Ist ja wirklich drollig, dass du sie wieder gefunden hast. Und habt ihr euch nun mal getroffen? Das Ost-West-Problem ist ja nun kein Hindernis mehr :-). Dir weiterhin viel Erfolg mit deinen Büchern und schon mal ein entspanntes Weihnachtsfest. Viele Grüße Tanja

Brigitte und Danny

Es stellte sich dann tatsächlich in den nächsten Monaten so heraus, wie Brigitte es in ihrem ersten gemeinsamen Telefonat bereits angekündigt hatte. Sie redete lieber am Telefon und schrieb nicht so gerne. Dagegen war ja Danny ein Vielschreiber, nicht zu unrecht von einem Arbeitskollegen auch als ›Mister Mail-Man‹ benannt worden. Brigitte hatte es sich angewöhnt, ihn alle paar Wochen oder Monate einfach mal anzurufen. Bei einem dieser langen Telefonate berichtete ihr Danny, dass sie übrigens auch in einem seiner Bücher vorkam, nämlich in seinem zweiten Roman ›Spätzünder, Spaßvögel & Sportskanonen‹. Na, das fand Brigitte ja total interessant. Da war sie doch echt neugierig drauf. Und da ihre Tochter bei einem Verlag arbeitete, meinte Brigitte: »Ja, Danny, das soll mir dann mal meine Tochter Jessica besorgen. Das macht die schon. Das ist ganz einfach für sie. Die arbeitet ja bei diesem Klett-Verlag.« Ja, und Danny schrieb ihr ab und zu eine E-Mail, um ihr mitzuteilen, was gerade so los war.

@ Von: DKowalski@gmx.de
Datum: 03.12.2011 21:39:52
An: brigitte.gertle@googlemail.com
Betreff: eine schöne Adventszeit für Euch, und noch mal nach hören ….

Liebe Brigitte,
erst einmal wünsche ich euch eine schöne Adventszeit. Damit du siehst, dass ich nicht alles von dir verloren habe, sende ich dir heute ein aktuelles Foto von mir

mit dem schönen Leder-Bucheinband mit Skalar-Fisch drauf, den du mir 1969
geschenkt und mit der Post zugesandt hattest. Soviel für heute. Aber auf bald,
und alles Liebe und Gute weiterhin wünscht dir Danny
  P.s.: Liebe Grüße auch an deinen Mann Werner.

Dass Danny darauf dann sogar mal eine Antwort bekam, freute ihn natürlich riesig.

@ von: brigitte.gertle@googlemail.com
Datum: 06.12.2011 14:44:26
An: DKowalski@gmx.de
Betreff: Re: eine schöne Adventszeit für Euch, und noch mal nach hören ….

Hallo Danny,
ich muss mich für das lange Schweigen entschuldigen, alle deine E-Mails sind
angekommen, aber ich hatte keine Zeit zu antworten. Ende Oktober/Anfang
November waren wir eine Woche in Leipzig und haben unser Wochenendhaus
winterfest gemacht. Danach ist am 26./27.11.2012 meine Tochter mit Familie
umgezogen. Eine Woche haben wir geholfen, alles aufzustellen, und heute habe
ich den letzten Putz in der alten Wohnung übernommen, weil meine Tochter
bereits wieder arbeiten geht. Nun bin ich fix und alle und muss mich ausruhen.
  Ich melde mich in den nächsten Tagen einmal und wünsche dir und deiner
Frau auch eine schöne Adventszeit. Gruß Brigitte

Danny antwortete deshalb auch stante pede, froh über Brigittes schriftliches
Lebenszeichen.

@ von: DKowalski@gmx.de
Datum: 06.12.2011 20:13:14
An: brigitte.gertle@googlemail.com
Betreff: eine schöne Adventszeit für Euch

Liebe Brigitte,
erst einmal bedanke ich mich für deine E-Mail, über die ich mich sehr gefreut
habe. Ach so, deshalb hattest du keine Zeit zu schreiben, weil du so viel zu tun
gehabt hast. Schön aber, dass du dich jetzt meldest. Denn ich fände es sehr schade,
wenn wir nichts mehr voneinander hören würden, nachdem wir uns so lange

aus den Augen verloren und nun endlich wieder gefunden haben. Deshalb freue ich mich auch schon auf dein nächstes ›Lebenszeichen‹.

Liebe Grüße wünscht dir Danny

Danach bekam Danny von Brigitte sogar ein süßes Weihnachtskärtchen per E-Mail, die er drei Tage später mit einer schönen E-Card beantwortete:

@ von: DKowalski@gmx.de
Datum: 19.12.2011 21:01:44
An: brigitte.gertle@googlemail.com
Betreff: Eine E-Card für Brigitte von Danny Kowalski

Liebe Brigitte,
toll, sehr schön, deine Weihnachts-E-Mail. Danke, danke.
Für dich und deine Familie ein schönes Weihnachtsfest und einen guten Rutsch ins Neue Jahr 2012 wünscht dir Danny

Und siehe da: Brigitte machte ihr Versprechen von vor Monaten wahr. Noch vor Weihnachten 2011 rief sie Danny an, und sie redeten und redeten eine lange Zeit am Telefon über dieses und jenes, kamen vom ›Höcksken zum Stöcksken‹.

@ von: DKowalski@gmx.de
Datum: 25.12.2011 17:21:29
An: brigitte.gertle@googlemail.com
Betreff: Spätzünder für für Brigitte von Danny Kowalski

Liebe Brigitte,
erst einmal vielen Dank für deinen Anruf letzter Tage. Wir haben uns da so verquatscht, dass ich ganz vergessen habe, dich wegen meines 2. Romans ›Spätzünder‹ zu fragen, den du über deine Tochter beim Verlag bestellen wolltest. Hast du ihn schon bekommen? Falls ja, viel Spaß damit. Denn immerhin kommst du ja auch drin vor. Und jetzt auch noch mal für dich und deine Familie ein schönes Rest-Weihnachtsfest und einen guten Rutsch ins Neue Jahr 2012 wünscht dir Danny

So ging es dann weiter mit den beiden. Anfang Januar 2012 schickte er ihr eine E-Mail mit einem alten historischen Foto und einer Goldmedaille von Ende der 1960er Jahre, als Danny im Dattelner Schwimmverein Erfolge feierte. Natürlich auch mit der entsprechenden Frage an Brigitte nach ihrer wahrscheinlich noch erfolgreicheren Zeit damals im Leipziger DDR-Schwimm-Förder-Zentrum. Er gratulierte ihr zu ihrem 61. Geburtstag im März, und zwar mit einer Web-Geburtstagskarte.

Per @-mail am 20.03.2012:
Liebe Brigitte,
erst einmal einen allerherzlichen Glückwunsch zu deinem 61. Geburtstag. Dazu sende ich dir nicht nur eine gelbe Blume und Palmen, sondern wünsche dir auch viel Gesundheit. Alles Liebe und Gute für dich und für deine Familie wünscht dir Danny

Und siehe da: direkt einen Tag später, am 21.03.2012, rief ihn Brigitte an. Da war die Freude aber groß, zumal sie wieder sehr lange telefonierten. Es gab halt immer viel zu erzählen bei den beiden. Sie hatte sich sehr über die schöne Geburtstagskarte gefreut, die dekoriert war mit einer gelben Margerite und einem idyllischem Palmenstrand. Und Danny freute sich noch mehr, als Brigitte ihm berichtete: »Du, was ich dir noch sagen wollte. Ich hab übrigens inzwischen deinen zweiten Roman, den ›Spätzünder‹, auch schon längst bekommen. Meine Tochter hat ihn mir tatsächlich besorgen können. Und ich hab auch sofort die Stelle gefunden, da wo ich drin vorkomme, das mit den Brieffreundinnen. Aber sonst hab ich noch nicht so viel mehr gelesen. Ich hab halt immer soviel anderes zu tun.« Dass in der nächsten Zeit wieder keine E-Mail-Antworten von Brigitte kamen, verwunderte Danny schon gar nicht mehr. Er wusste ja um ihre Schreib-Faulheit. Dafür rief sie ja ab und zu mal an. Das war doch eigentlich schöner, als sich nur zu schreiben.

Insgesamt erwies es sich als sehr erstaunlich, dass zwei erwachsene Menschen, die vor über 40 Jahren mal eine Brieffreundschaft verband, sich Jahrzehntelang aus den Augen verloren, sich dann in der Jetztzeit wieder fanden und nun erneut Korrespondenz miteinander pflegten. Egal, wie oft oder wie leidenschaftlich, ob per E-Mail oder Telefon. Für Danny war das auf jeden Fall ein sehr schönes Gefühl, dass so etwas in der heutigen kurzlebigen Zeit überhaupt möglich war.

Und Dannys erste Liebe – lebt sie noch?

Erste Spurensuche nach Nicole

Es war so etwa 1975. Danny war damals Student der Sozialwissenschaften an der Ruhr-Uni Bochum. Zuletzt hatte er Nicole bei den Wildpferden in Dülmen gesehen, wo er sie zusammen mit Laufis Holy Flipps im November 1974 getroffen hatte. Dort sprachen auch Danny und Nicole kurz miteinander, aber dann verloren sie sich aus den Augen. In den wabernden Nebelschwaden des Merfelder Bruchs war die Sicht schwierig geworden. Sie verschwand mit ihrer Recklinghäuser Gruppe. Und Danny war froh, mit seinen Dattelnern schließlich zu seinem Auto zurück gefunden zu haben. Das war auch das letzte Mal, dass Danny Nicole leibhaftig erlebt hatte. In Dülmen erfuhr er von ihr, dass sie nie seinen Brief aus Afghanistan bekommen hatte. Denn drei Jahre nach ihrer Trennung 1971 war er allein auf dem Weg nach Kathmandu, schaffte es aber nur bis Afghanistan. Sie hatten ja früher immer von einer gemeinsamen Reise nach Kathmandu geträumt. Deshalb schrieb er ihr aus Herat, West-Afghanistan, einen langen Brief mit vielen Emotionen.

Herat (Afghanistan), den 10. September 1974
Shalom, liebe Freundin, liebe Nicole,
ich habe es gemacht. Ich habe unseren früheren gemeinsamen Traum verwirklicht. Ich bin unterwegs nach Kathmandu, Nepal. Auch wenn ich es nicht ganz dorthin schaffen sollte: der Weg ist das Ziel. Das hätte Dir bestimmt gefallen hier! Die vielen interessanten jungen Leute auf dem Hippie-Trail, unterwegs nach Indien. Weißt Du noch, wie wir beide im Frühling 1971 zusammen abhauen wollten nach Kathmandu? Warum, wussten wir eigentlich gar nicht so genau. Aber alle wollten das damals! Deshalb hatten wir uns doch sogar eine gemeinsame Spardose für unsere Reise nach Kathmandu angeschafft. Nach der Trennung hast Du mir ja dann das Geld aus der Kathmandu-Spardose zugeschickt. Ich war damals geknickt, verletzt und zu stolz, weshalb ich Dir das Geld postwendend

zurückschickte. Das war nicht so lieb von mir. Trotzdem glaube ich, dass Du mich später verstanden hast und nicht mehr böse auf mich warst. Wir sind ja so was wie Freunde geworden.

Nun zum Hippie-Trail: gestartet wurde bei den Felsenhöhlen in Matala auf der griechischen Insel Kreta, danach trifft man sich in der Türkei im Pudding-Shop in Istanbul. Weiter geht's Richtung Osten durch den vorderen Orient, also durch die Türkei, durch Persien und Afghanistan. Danach hätte es für mich weiter bis nach Indien und Kathmandu in Nepal gehen können, wo sich die Hippies in der Freak-Road treffen. Aber mein Weg endet hier in Herat. Ich hab genug vom einsamen Herumreisen, deshalb kehre ich heim. Siehst Du, liebe Nicole, so war das hier im Orient für mich. Aber ich werde Dich zu Hause hoffentlich mal wieder sehen. Es drückt Dich ganz fest und wünscht Dir Love & Peace
Dein Freund Danny

P.s.: Vor ein paar Wochen schrieb ich auf Kreta dieses ›Lied für ein Mädchen‹: Soweit ich mich noch erinnern kann, fing alles vor 3 ½ Jahren an …
Sie war noch so jung, vierzehn, doch schon so schön wie eine Prinzessin.
Sie wurde Fixer …
Ihr Freund erzählte ihr von einem Trip, dem ersten,
dann wollten sie gemeinsam nach Katmandu, Nepal,
mit dem Sommer kam dann der Shit, Trips und der Beginn.
Sie wurde Fixer …
Ihr Leben bekam einen neuen Herrn, die Moral wurde vom Blut gelenkt,
Leidenschaft war der Moment ›danach‹, Treue eine immer volle Spritze.
Sie war ein Fixer …
Sie erfuhr das, was nur wenige Menschen je begreifen können:
das Leben im höchsten Grade auszukosten,
dafür stellten sie neidische Menschen außerhalb des Gesetzes.
Sie war ein Fixer …
Die schönste Zeit war der Anfang, als das frische Blut noch lachte,
dann drehte sich das Blatt, die neue Welt wurde zum Normalen.
Sie ist ein Fixer …
Die Flucht vor Polizei und Gesetz, dann noch die Hetze nach dem Stoff,
wie bei Familie Schmidt aus dem Schürenheck,
die Hetze nach dem neuen Opel-Kadett.

Sie ist ein Fixer …
Doch dann kam das am wenigsten Schöne,
ihr Stundenglas war abgelaufen, die Spritze leer,
sie kannte weder Freundschaft noch Liebe mehr:
das nennt man Entziehungsprobleme!
Sie wird immer ein Fixer bleiben …
Trotz dieser Pein, die sie lehrte, was wirkliche Schmerzen sind,
seit sie dem Ruf der Spritze folgte, kennt sie ihr eigenes Paradies.
Sie wird immer ein F … … NEIN (!):
Denn was wirklich zählt auf dieser Welt, bekommt man nicht für Geld!

Aber diesen Brief erhielt sie ja leider nie, wie sie ihm bei den Wildpferden im Merfelder Bruch bei Dülmen berichtete. Da verloren sie sich in der Dunkelheit und im Nebel des Münsterlandes aus den Augen. Deshalb wollte es Danny dann im Sommer 1975 noch mal genau wissen. Dafür fuhr er nach Recklinghausen-Ost, in die Obere Meierei 72, und klingelte bei Lieberberg an. Dort traf er aber nur ihre Stiefmutter Leonie Lieberberg an, die Danny ziemlich abblitzen ließ. »Sie sind Schuld daran, dass unsere Tochter so abgerutscht ist«, ereiferte sie sich Danny gegenüber, »schon damals 1971, da saßen Sie bei Nicole im Zimmer schon immer auf dem Boden, statt auf einem Stuhl. Das tut man doch nicht als vernünftiger Mensch!« Danny war ziemlich konsterniert. Die Situation hatte er sich ganz anders vorgestellt. So hatte er auch nur lahme Ausflüchte auf Lager: »Aber ganz im Gegenteil. Ich wollte doch Nicole vor den Drogen retten. Das war doch auch der Grund dafür, dass sie sich von mir getrennt hat.« Frau Lieberberg schien ihm nicht ganz zu trauen, obwohl sie dann doch etwas zugängiger wurde. Immerhin beantwortete sie Dannys Frage nach seinem Brief aus Afghanistan: »Nein, solch ein Brief ist hier nie angekommen. Nein, und deshalb kann Nicole ihn natürlich auch nicht erhalten haben.« Entweder war der Brief aus Afghanistan auf seiner langen Reise nach Recklinghausen tatsächlich verschwunden, oder Frau Lieberberg hatte ihn selber vernichtet, um damit ihre Tochter angeblich vor Danny zu ›beschützen‹. Jedenfalls leugnete sie, jemals solch einen Brief gesehen zu haben. Das nahm er ihr allerdings kaum ab. Als Danny sich dann auch noch nach Nicole selber und ihrem momentanen Aufenthaltsort erkundigte, da machte die gute Frau Lieberberg aber sofort wieder dicht: »Nein, die Adresse von Nicole bekommen Sie nicht. Die bekommt niemand. Sie ist fort von hier. Weg von allen Drogen und dreckigem Gesocks!« Frau Lieberberg hatte sich mittlerweile in Rage geredet und wurde immer lauter: »Nicole hat ein neues Leben begonnen. Basta! Verschwinden Sie jetzt endlich von hier!! Und kommen Sie bloß nicht noch einmal hier hin! Ich will Sie hier nie mehr sehen!«

Anders verlief es dagegen mit Laufi von den Holy Flipps aus Herten, mit dem Danny noch einige Jahre länger zu tun hatte. Laufi war ja nicht nur der geistige Häuptling, sondern auch der kreative und kommunikative Antreiber der Holy Flipps. In dieser Hinsicht ähnelte der junge Mann mit den struppigen kurzen braunen Haaren Danny sehr. Laufi war von Beruf Setzer, und Holy Flipp, das war eine Hippie-Zeitung: selbst geschrieben, gesetzt, gedruckt und verteilt.

Herten, Holy Flipp-Zentrale, am 5. Januar 1977
Terrible Tetraeder, BOOM SHANKA
Danny – Carlos – Achim – Harry, an die Cosmic Family in Datteln,
* zu Händen des Zentralrates DANNY,*
* Heya Danny, and for the psychedelic mushroom and of course…*
* Henry the horse and banana nirvana und Du, Bom Shiva Shankar Mahatma Kari Ganga – HOWEVER, a really happy flappy new year to all of you.*
* Und schreibt was für Holy Flipp 3.*
* Meistens kommt doch alles anders, als man‹s sich ausdenkt & das ist es ja grad, was so viel Spaß macht, gelle. Bereit sein für Veränderungen – nicht starr werden. Danny meinte ja dazu: »Typischer Waage-Aszendent!« Ja ja!*
* So ihr Vier – wünsch Euch allen ne schöne Zeit – Fallt nicht in die Suppe Ich denk an Euch – für uns ALLES*
* Laufi*

Der fröhliche Laufi war immer gut drauf mit seinen positive Vibrations. So verstand er sich natürlich hervorragend mit der orgiastischen Dattelner Tetraeder-Bande. Danny ließ sich Laufis Aufforderung auch nicht zweimal sagen und schrieb für den nächsten Holy Flipp einen Artikel, den er ihm zusandte:

Dattel(n)-Oase -> Herten, den 10. Januarius 1977
Heido, Compadre Laufi,
mit großer Freude erhielt ich Deinen bunten Brief aus Herten. Nen Artikel für den Holy Flipp 3, no problemo, voila, hier is‹sa schon, samt Fotto von der Viererbande.

Tetraeder, das war und ist ein Körper mit vier Ecken, die alle gleich weit von einander entfernt sind, mit vier Seitenflächen, die jeweils gleich große gleichseitige Dreiecke sind. Das Tetraeder war Mitte der 70er Jahre das Symbol für vier Freunde in Datteln: Carlos mit den langen blonden Locken und dem Fu-Manchu-Bärtchen; Harry oder auch ›Govinda‹ mit den braunen Fusselhaaren; Achim oder auch ›Shiva‹ mit seinen langen schwarzen Haaren runter bis zum Arsch; und Danny mit seiner mittelblonden Matte und dem Vollbart. Die Vier vom Tetraeder waren berühmt-berüchtigt in Datteln, als elitäre Viererbande, immer zu allerlei Schabernack zu haben, seien es politische Aktionen, sei es Unsinn in Wald, Feld oder urbanen Jagdgründen. Ihr Outfit war den 70er Jahren angemessen: lange Haare, Bärte, Ketten, Flickenjeans und im Winter zottelige Fellmäntel und praktische Springerstiefel. Sie waren der Schwarm der Frauen in Datteln und Umgebung, da sie als geheimnisumwitterte und ungebändigte Abenteurer galten.

Lieber Laufi, da haste was für die next underground-news aus Herten
Yours forever – Holy Flipp-Filiale – aus‹se Dattel(n)-Oase
Dannylito

Laufi war immer voller Flausen und toller Ideen und Pläne, einer der fähigsten und abgefahrensten Köpfe im ganzen Vest Recklinghausen. Einfach, direkt, spontan, humorvoll, voller Tatendrang, musikalisch, lebensfreudig und sozial. Sein euphorisches Lebensmotto hieß: ›Fly high, dive deep‹, also: ›Fliege hoch, tauche tief‹. Dieser Spruch beeindruckte Danny sehr. Den schrieb er mit dickem schwarzen Edding-Filzstift hinten auf die Motorhaube seines alten blauen VW-Käfers und fuhr ihn jahrelang in den 70er Jahren spazieren …

Odenwald, den 29. April 1978
Contact Takt 2 ¾ – Turn your love light on
Du Mima, Danny, Dudedidelei
Beim Bier in der Disko, schweißnass und viel Spaß
Harry to quick & sooo gut -> Surfin USA -> Rock‹n Roll in den Knien
Und jetzt bin ich im Frühlings-Odenwald gestrandet …
… zwischendurch & immer wieder …
Ja, treffen wir uns im Shalanda, Django Edwards is calling, und hecken was aus.
Der Spruch am Schluß: Let the Kids run free

And let‹s laugh together
Laufi

Das war das letzte Mal, dass Danny und Laufi sich live begegneten. Völlig überraschend und ungeplant im Frühling 1978 in der Disko des Kulturzentrums Recklinghausen, wo früher die Vest-Bier-Brauerei stand. Danach trennten sich ihre Wege, denn Laufi war Jahrzehnte lang unterwegs. Erst Stonehenge, London und Kreta, und danach war er mit seiner Family mit nem Tipi-Zelt und Wohnwagen durch Süd-Deutschland gezogen, wie Danny einem Bericht im STERN entnehmen konnte.

Jahrzehnte später: ein neues Jahrtausend war angebrochen. Wir schrieben das Jahr 2001. Danny hatte inzwischen einen PC, Internet und eine eigene E-Mail-Adresse. Dadurch kam er wieder in Kontakt mit Laufi, seinem alten Kumpel von den Holy Flipps aus der Zeit Mitte der 1970er Jahre. Laufi wohnte inzwischen in München. Auf jeden Fall kannte Laufi auch aus der damaligen Zeit Nicole aus Recklinghausen. Er wusste allerdings nicht, dass Danny und Nicole früher mal ein Paar waren. Und wo Nicole inzwischen wohnte, das wusste er ebenfalls nicht. Er hatte Jahrzehnte nichts mehr von ihr gehört. Dafür hatte er ein Foto von Nicole in seinem Fotoalbum, das er Danny zuschickte. Laufi wollte es eigentlich auch gar nicht wieder haben, dieses Foto, das ihn 1972 zusammen mit Nicole und ihrem damaligen Freund Ritschie Held zeigte. Denn er hatte eine eindeutig zwiespältige Erinnerung an diesen Ritschie, den er offensichtlich nicht mochte.

In diesem Zusammenhang fiel Danny selber was zu diesem Typen ein, was ihm Henner Heinrich mal erzählt hatte. Henner wohnte 1973/74 zusammen mit Nicole in Recklinghausen in der Rochusstraße. Danny fand diesen Freund von Nicole im Gegensatz zu dem arrogant wirkenden Ritschie Held eigentlich ganz nett. So vertraute Henner dann Danny mal in einem Gespräch ›unter Männern‹ an, wie er Nicole gerettet hatte. »Das war so«, berichtete Henner, »ich kam 1972 zu diesem Ritschie Held nach Hause, als der noch mit Nicole zusammen war. Es war spät in der Nacht. Ritschie saß mit vier anderen Kumpels um den Küchentisch, und sie unterhielten sich. Und in einer Ecke lag nackt und zusammengerollt Nicole, die von den Männern unter Drogen gesetzt worden war. Damit prahlten sie auch noch rum.

Wer weiß, was sie mit der armen Nicole alles angestellt hatten? Das Ergebnis jedenfalls sah ich: es steckte noch eine leere Flasche mit Kerze drauf in der Pussi von Nicole.«

»Das ist ja schrecklich!« ereiferte sich Danny, »dieses Arschloch von Ritschie!«

»Ja, da hast du recht, Danny. Ich fand das auch total schäbig von diesen Typen. Als erstes habe ich Nicole mit einer herumliegenden Decke zugedeckt. Und später habe ich sie zu mir nach Hause in die Rochusstraße mitgenommen, weg von diesem Ekel Ritschie.«

An diese Geschichte von Henner erinnerte sich Danny Jahrzehnte später und konnte dadurch nun auch viel besser verstehen, warum Laufi offensichtlich diesen Ritschie nicht mochte.

Danny besuchte Nicole und Henner auch ein paar Mal in ihrer Wohnung in der Rochusstraße, mitten in der Recklinghäuser City. Sie hörten zusammen Neil Young oder unterhielten sich. Nicole hatte es zwar besser getroffen, weil Henner besser mit ihr umging, aber leider war er Fixer. Erst unterstützte Nicole ihn nur. Später wurde sie selber Fixerin. Das musste Danny mit Schrecken bei einem letzten Besuch feststellen, als Nicoles schönes Gesicht bis auf die eingefallenen Schädelknochen abgemagert war. Als Fixer aßen sie wenig, da sie andere Interessen hatten. Und wenn dann kein Stoff, also Heroin, als Nachschub mehr da war, um die regelmäßige ›Dröhnung‹ zu gewährleisten, litten sie Höllenqualen. Entzugserscheinungen waren ein ständiger Begleiter von Henner und Nicole. Bis sie dann wieder irgendwo Geld aufgetrieben hatten, Stichwort: Beschaffungskriminalität, um sich wieder ›Etsch‹ (›H‹) für den nächsten ›Schuss‹ zu besorgen. Kein Wunder also, dass es mit Nicole abwärts ging – in jener Zeit in Recklinghausen. Erst sollte sie angeblich Stadtverbot in ihrer Heimatstadt Recklinghausen bekommen haben, dann wahrscheinlich nach Nürnberg verzogen sein. Auf jeden Fall erschien sie für Danny für immer verschütt …

›Liebe ist alles‹

34 Jahre später – das neue Jahrtausend war längst angekommen. Da sah Danny mal rein zufällig an einem Sommerabend im Jahr 2009 eine TV-Sendung im WDR 3. Die nannte sich ›Liebe ist alles‹. Das Sende-Format beschäftigte

sich damit, frühere Liebespaare wieder zusammenzuführen. Also eine Art Suchsendung für frühere Liebende, die sich völlig aus den Augen verloren hatten. Der Clou an jeder Paar-Zusammenführung innerhalb der Sendung war dann immer, wenn sie sich an irgendeinem gemeinsamen Ort aus ihrer Vergangenheit wieder begegneten. Danny hatte Tränen der Rührung in den Augen, als sich Helmut und Rosi in diesem Beitrag nach 52 Jahren zum ersten Mal wieder sahen. Echt toll hatten die Fernsehleute das gemacht. Danny blätterte in der Fernseh-Zeitung und sah, dass es sich hierbei nicht um den ersten Teil dieser Serie handelte. Es hatte schon vorher einen Beitrag gegeben. Und in den nächsten Wochen waren auch jeweils Freitagabends weitere Sendungen aus dieser Reihe angekündigt. Da kam ihm die Idee, sich an den Sender zu wenden, weil er auch gerne seine ›erste Liebe‹ Nicole noch einmal im Leben wieder gesehen hätte. Er versuchte, sie über diese Casting-Sendung wieder zu finden. Das wäre schon ein komisches Gefühl gewesen, wenn er 35 Jahre nach der damaligen Freundschaft einer Frau von 53 Jahren gegenüber stehen würde. Diese Frau hätte er ein Drittel Jahrhundert nicht mehr gesehen, weder als 20-jährige, nicht als 30- oder 40-jährige noch als 50-jährige, und dann auch noch gleich auf Sendung. Denn das war ja der Höhepunkt dieser WDR-Serie: die Ex-Liebenden sollten sich vor der laufenden Kamera erstmals wieder sehen. Diese Begegnung in Recklinghausen oder auch Datteln hätte dann sogar von der Casting-Agentur professionell aufgearbeitet werden sollen. Danach hätte sie fürs TV rührend inszeniert und schließlich an einem Freitagabend im Spätherbst 2009 im WDR 3-Programm gesendet werden sollen. Er fand die Kontaktdaten der Sendung heraus: Westdeutscher Rundfunk, Programmentwicklung Fernsehen, Appellhofplatz 1, 50667 Köln. Die Telefon-Hotline war: 0221-56789-999 und die E-Mail: liebeistalles@wdr.de

Und danach schrieb er am 28.08.2009 an die Sendereihe ›Liebe ist alles‹:

@ per E-Mail an den WDR 3 in Köln
Sehr geehrte Damen und Herren der Sendung ›Liebe ist alles‹,
am gestrigen Abend sah ich Ihre Sendung und hatte Tränen der Rührung in den Augen. Das haben Sie echt toll gemacht! Deshalb kam mir die Idee, mich an Sie zu wenden, weil ich auch gerne meine ›erste Liebe‹ Nicole noch einmal im Leben wieder sehen möchte. Wir beide verliebten uns am 22.02.1971, als wir uns bei

einer Karnevalsveranstaltung in der Recklinghäuser Disco ›Bodega‹ trafen. Gleich am ersten Abend küssten wir uns. Und danach ›gingen‹ wir ein halbes Jahr miteinander, wie es damals so schön hieß. Dann musste ich zur Bundeswehr. Deshalb sahen wir uns leider nur an den Wochenenden. Und so entwickelten sich unsere Leben in verschiedene Richtungen. Sie trennte sich nach einem halben Jahr sehr tränenreich von mir. 1974 sah ich sie zum letzten Mal. Danach habe ich nie wieder was von ihr gehört, obwohl wir uns doch fast immer gut verstanden haben. Angeblich soll sie nach Nürnberg gezogen sein. Ich habe schon mehrmals versucht, herauszufinden, wo sie lebt. Aber leider bisher immer vergeblich.

Meine Freundin hieß damals Nicole Lieberberg, wurde am 12.05.1956 geboren und ging 1971 genauso wie ich zum Freiherr-vom-Stein-Gymnasium. Ihre Adresse damals war Obere Meierei 72 in 435 Recklinghausen. Ich hoffe, sie lebt noch, wo auch immer. Ich bin selber heute 57 Jahre alt, verheiratet und wohne in Hagen in Westfalen.

Ich würde mich total freuen, nach 35 Jahren Nicole noch einmal im Leben wieder zu sehen. Denn es war ja für uns beide 1971 unsere ›erste Liebe‹; und so etwas vergisst man nie. Mit lieben Grüßen von Danny Kowalski

Dann wartete Danny gespannt ab, ob die Fernseh-Leute was raus finden würden. Oder ob sie sich überhaupt melden würden? Er wurde nicht enttäuscht. Denn nur drei Tage später bekam er eine Antwort:

@ von: Nina Schweigel – Casting Concept GmbH
Datum: 31.08.2009 13:15:16
An: DKowalski@gmx.de
Betreff: Ihre Nachricht an ›Liebe ist alles‹ WDR

Lieber Herr Kowalski, wir sind die betreuende Casting-Agentur der Sendung ›Liebe ist alles‹. Uns wurde Ihre E-Mail vom WDR weitergeleitet. Schön, dass Sie Interesse daran haben, Ihre Jugendliebe innerhalb der Sendung wieder zu treffen. Es wäre schön, wenn Sie uns Ihre Telefonnummer mitteilen, damit wir ein bisschen mehr über Ihre Geschichte erfahren können. Ich freue mich auf Ihre Antwort.

Viele Grüße Nina Schweigel, Redaktion Berlin

Casting Concept, Zum Jagenstein 1, 14478 Potsdam, 0331- 97999034, Mail: schweigel@casting-concept.de

»Na«, dachte sich Danny, »das geht ja hier ab ›wie Schmitz‹ Katze‹, so schnell und fast wie geschmiert.« Gedacht – getan. Danny rief flugs in Potsdam an und sprach lange mit der äußerst netten und einfühlsamen Frau Julia Peuker, mit der er auch gleich für den nächsten Tag ein Telefon-Interview verabredete. Daraufhin beantwortete er auch die E-Mail von Frau Nina Schweigel vom 31.08.2009.

@ von: DKowalski@gmx.de
Datum: 31.08.2009 18:38:46
An: schweigel@casting-concept.de
Betreff: Tel.-Nr., Fakten + Fotos wegen ›Liebe ist alles‹ WDR

Hallo, liebe Frau Schweigel, ich habe heute schon mit Ihrer Kollegin, Frau Julia Peuker telefoniert, und wir haben auch schon einen Termin für ein Telefon-Interview vereinbart. Morgen, Di., den 01.09.09, zwischen 10 und 11.00 Uhr, werde ich von Ihnen angerufen. Dazu habe ich mir gedacht, Ihnen zur optischen Untermalung Fotos aus der Zeit von Nicoles und meiner ersten Liebe von 1971 zuzusenden. Dazu noch ein aktuelles von mir von 2007. So, jetzt fehlt dann nur noch ein Foto von Nicole 2009, aber das gäbe es ja auch erst nach Ihren Recherchen, quasi als Ergebnis Ihrer Sendung. Liebe Grüße Danny Kowalski

Am nächsten Tag, dem 01.09.2009, kam das angekündigte Telefonat um kurz nach 10.00 Uhr. Die Casting-Leute aus Potsdam waren also schon mal zuverlässig und pünktlich. Aber am Telefon waren dann weder die Danny sympathische Julia Peuker noch Nina Schweigel, mit der er sich per E-Mail geschrieben hatte. Es meldete sich ein Mann, der Herr Tolber. Er unterhielt sich gut eine halbe Stunde mit Danny. Dabei befragte er ihn noch einmal zu den Daten, die der Casting-Agentur schon durch die vorherige Korrespondenz vorlagen. Aber zusätzlich versuchte er noch besondere Gemeinsamkeiten von Danny und Nicole aus der Zeit Anfang der 70er Jahre herauszubekommen. Zum Beispiel ein gemeinsames Lied? Da musste Danny passen. Dazu fiel ihm nur der Karnevals-Hit ›Auf die Bäume, ihr Affen, der Wald wird gefegt‹ ein. Den hatten Danny und Nicole Rosenmontag 1971 in der Bodega gehört. Aber so etwas als gemeinsames Lied zu deklarieren, das schien Danny in die ziemlich falsche Richtung zu gehen. Da wären doch sicherlich damals andere Songs wie ›Light my fire‹ von den Doors oder ›She's a rainbow‹ von den Rolling Stones eher die Richtung der beiden Jung-Hippies gewesen. Aber an ein richtiges gemeinsames Lied konnte sich Danny beim besten Willen nicht erinnern. Da fielen ihm schon eher bei der Frage nach einem gemeinsamen Ort diverse Erinnerungen ein. In Recklinghausen ihre Stamm-Kneipe ›Von 8 bis 8‹ oder in Datteln die verschiedenen Uferabschnitte des Dortmund-Ems-Kanals. Und als besonderes Bonmot hatte Danny noch die Geschichte von der gemeinsamen Spardose auf Lager. In diese Büchse stopften Danny und Nicole 1971 immer wieder kleine Beträge von ihrem eh schon spärlichen Taschengeld rein. Sie wollten doch gemeinsam nach Kathmandu in Nepal, dem angesagten Hippie-Ort in jener Zeit. Und dafür sparten sie damals. Das fand jedenfalls Herr Tolber doch hoch interessant und erwähnenswert. Er wollte also tatsächlich versuchen, Nicole für diese Sendung wieder zu finden. Danny befragte ihn, wie er das denn wohl rein praktisch durchführen würde. »Ach, das lassen Sie mal unsere Sorge sein, Herr Kowalski«, entgegnete Herr Tolber, »da haben wir schon unsere Methoden, um an die Adresse von verschwundenen Personen ranzukommen.« Abschließend versicherte Herr Tolber noch, dass er sich auf jeden Fall melden würde, nach Möglichkeit sogar noch vor Dannys Urlaubsstart am 12.09.2009. Danny dachte: »So, bald treffe ich Nicole wieder«. Aber da hatte er sich schwer getäuscht. Denn hier endete die Zuverlässigkeit von Nina Schweigels Potsdamer Agentur Casting Concept GmbH. Danny hörte oder las weder vor noch nach seinem September-Urlaub 2009 etwas von der Agentur. Und auch die nächste, für den 2.10.2012 geplante, Sendung kam gar nicht. Es gab auch keinen Kommentar oder eine Einblendung als Untertitel, dass sie ausfiel. Nichts, absolut nix: aus, vorbei, wie weggeblasen. Da war Danny aber platt. Entrüstet schrieb er deshalb ein paar Tage später per E-Mail an die WDR 3-Redaktion:

@ von: DKowalski@gmx.de
Datum: 05.10.2009 12:21:32
An: redaktion@wdr.de
Betreff: was ist mit ›Liebe ist alles‹?

Sehr geehrte Damen und Herren, aus dem Urlaub zurück freute ich mich darauf, am Fr., den 02.10.09, die letzte Sendung der 6-teiligen Serie ›Liebe ist alles‹ zu sehen. Doch sie kam nicht, obwohl sie in unserer TV-Zeitung angekündigt war. Auf Ihrer Homepage konnte ich auch keine Antwort zum Ausfall der 6. Sendung bekommen. Da war immer nur von den letzten 5 Sendungen die Rede.

Was ist aus ›Liebe ist alles‹ geworden? Wird der 6. Teil irgendwann nachgeholt? Oder ist die Serie mittendrin abgesetzt worden? Das würde ich allerdings als sehr schade empfinden. Ich habe sie gern gesehen. Wird es denn überhaupt mal eine weitere Staffel von ›Liebe ist alles‹ geben? Ich bedanke mich schon im Voraus für Ihre Bemühungen. Mit freundlichen Grüßen Ihr eifriger WDR 3-Zuschauer Danny Kowalski

Nachdem ein ganzer Monat verstrichen war und Danny auch auf diese Anfrage keine Antwort erhielt, versuchte er es noch mal bei der Potsdamer Agentur N. Schweigel:

@ von: DKowalski@gmx.de
Datum: 03.11.2009 20:30:40
An: schweigel@casting-concept.de
Betreff: für Nina Schweigel – was ist aus ›Liebe ist alles‹ geworden?

Sehr geehrte Frau Schweigel, sehr geehrte Herr Tolber …

Denen schrieb er im Prinzip den gleichen Brief wie der WDR 3-Redaktion am 05.10.2009. Na ja, wenigstens erhielt Danny dann von der Potsdamer Agentur von Nina Schweigel daraufhin drei Tage später eine Antwort:

@ von: Nina Schweigel – Casting Concept GmbH
Datum: 06.11.2009 11:29:48
An: DKowalski@gmx.de
Betreff: Re: für Nina Schweigel – was ist aus ›Liebe ist alles‹ geworden?

Hallo Herr Kowalski,
vielen Dank für Ihre Nachricht. Ja, leider wurde die 6. Folge von ›Liebe ist alles‹ nicht mehr ausgestrahlt, und schon nach der zweiten Folge wurde die Sendezeit geändert. Wir finden es auch schade, dass das Ganze nicht so gut beim Publikum ankam. Leider kann ich Ihnen auch nicht von einem Erfolg bei der Recherche nach Nicole berichten. Keine Spur hat uns zu ihr geführt. Ich wünsche Ihnen ein schönes Wochenende. Herzliche Grüße Nina Schweigel, Redaktion Berlin

»Ach, wie schade«, dachte Danny. Dabei hatte er es sich vor seinem inneren Auge schon so schön vorgestellt, wie das so wäre, wenn er auf einmal nach 35 Jahren seiner Nicole am Dattelner Kanal-Ufer oder im Recklinghäuser Ruhrfestspiel-Park gegenüber stehen würde. Wenn sie sich vom weitem erkennen und dann auf einander zugehen würden. Aber es kam nicht dazu. Die Sendungs-Macher stellten auf Geheiß des Senders diese Sendung wieder ein, bevor die Casting-Leute Nicole überhaupt aufgespürt hatten. So war dann die Geschichte mit der Suche nach Nicole für Danny an diesem Punkt erst mal erfolglos beendet.

Stayfriends hofft

Es war im Jahre 2010, als Danny im Internet das soziale Netzwerk von Stayfriends entdeckte. Das ist ein Suchportal für ehemalige Klassenkameraden/Innen. Er war ja von 1968 bis 1971 auf dem Freiher-vom-Stein-Gymnasium in Recklinghausen gewesen, derselben Schule wie Nicole, die sie ebenfalls Anfang der 1970er Jahre besucht hatte. So hoffte er, sie womöglich über Stayfriends aufzuspüren. Er fand dort immerhin Biggi Neumann, eine damalige Klassenkameradin von Nicole Lieberberg und Susanne Sonntag. Diese Biggi konnte sich zwar noch gut an die beiden Mädels und ihre Eigenheiten erinnern, aber Danny leider auch nicht weiterhelfen. Sie wusste nicht, was aus ihren beiden früheren Klassenkameradinnen geworden war. Na ja, so hätte Danny seine Nicole fast über Stayfriends entdeckt. Schade eigentlich: erst hatte er den Hauch einer Spur gehabt, und dann kam er auch dort wieder nicht weiter an sie heran.

Caroline staunt

Danny sah Caroline während seiner Reha in Mölln im August 2011 zum ersten Mal im Treppenhaus. Er ging die Treppe vom 3. Stock runter, wo er sein Zimmer hatte. Sie dagegen stieg vom Erdgeschoss hoch zum 3. Stock. Bei ihrer ersten Begegnung fiel sie ihm deshalb auf, weil sie sich an einer Hand von einem jungen Mann die Treppe hoch führen ließ. Der schleppte auch noch einen Koffer mit Rollen in seiner anderen Hand die Treppe hoch. »Aha«, dachte sich Danny, »ein Neuankömmling. Sie wurde von ihrem Freund gebracht. Er wollte sie wohl so lange es ging, an der Hand halten. Oder war sie vielleicht blind oder sehbehindert?« Aber andererseits schaute sie Danny mit offenen wachen Augen an.

Und dann hatten sie bei Danny am Tisch 32 auch noch Patientenwechsel. Am nächsten Tag sollte Marianne von ihrem Mann abgeholt werden, um zusammen nach Sachsen-Anhalt zurückzufahren. Die anderen drei, Monika aus München, Max aus Recklinghausen und Danny aus Hagen, waren in gespannter Erwartung eines oder einer neuen Tischnachbarn/in. Mittags wussten sie, dass es eine Frau sein würde. Eine Frau Haferland, wie sie dem aufgestellten Tisch-Schildchen entnehmen konnten. Aber die Frau Haferland war noch nicht erschienen. Abends wurde das Geheimnis gelüftet. Und es war genau die dunkelblonde junge Frau, die Danny schon im Treppenhaus gesehen hatte. Sie war weder blind noch sehbehindert, sondern von ihrem Mann hierher gebracht worden. Sie hieß Caroline und kam aus dem Rheinland, südlich von Bonn. Aber ursprünglich stammte sie aus Nürnberg. Sie war noch relativ jung für die Runde von Tisch 32. Passender Weise nur 32 Jahre alt bzw. besser jung, da die anderen drei zwischen 49 und 59 Jahren alt waren. Wie es so üblich in der Reha war, stellte man/frau sich am Tisch reihum vor. Wie man hieß und wo man her war. Bei Max aus Recklinghausen stutzte sie und erwähnte dabei: »Das ist ja ein Zufall! Aus Recklinghausen ist meine Mutter ursprünglich her.« Danny schaute ihr noch mal genauer ins Gesicht, weil sie eine unwahrscheinliche Ähnlichkeit mit seiner ersten Liebe aus Recklinghausen hatte. Sie hätte geradezu Nicole in jungen Jahren sein können. Nur statt der langen wallenden blonden Mähne, die Nicole immer trug, solange Danny sie kannte, zierte Caroline Haferland eine modische Kurzhaar-Frisur. Danny hielt sich erst mal zurück. Da die Vier vom Tisch 32 alle in der selben Etage wohnten, traf er Caroline abends auf dem Flur und fragte sie ganz schüchtern: »Sag mal, Caroline. Deine Mutter aus Recklinghausen, heißt die zufällig Nicole, ist sie eine geborene Lieberberg und am 12. Mai 1956 geboren?« Sie sah ihn mit großen Augen an: »Ja, woher weißt du das denn, Danny?« Caroline erzählte ihm, dass sie 1979 in Nürnberg geboren wurde. Und sie bestätigte ihm, dass ihre Mutter tatsächlich Nicole Haferland hieße, eine geborene Lieberberg.

Das letzte, was Danny gerüchteweise über Nicole gehört hatte, war, dass sie Mitte der 1970er Jahre nach Nürnberg verzogen sein sollte. Seit November

1974 hatte er nix mehr von ihr gehört und gesehen. Jedenfalls war das ›Hallo‹ bei Caroline und Danny riesig groß, als sie von der ersten großen Liebe zwischen Nicole und Danny 1971 erfuhr. Caroline erschien jetzt schon wieder etwas frischer als am Tag zuvor, als Danny sie zum ersten Mal noch sehr verhuscht und verschreckt gesehen hatte. Mittlerweile trug sie ihre Frisur als ›Hoch-den-Zopf‹, schaute im Gesicht freundlicher und aufgeweckter. Sie war jetzt natürlich Feuer und Flamme, als sie von Dannys Vergangenheit mit ihrer Mutter erfuhr. Das erzählte Danny ihr gerne: »Ja, hör‹ mal, liebe Caroline, das ging so mit der ›ersten Liebe‹. Ich war ja ein Spätzünder. Deshalb erfuhr ich erst 1971 als Oberprimaner die Freuden und Qualen der Liebe. Jedenfalls lernte ich Nicole in Recklinghausen kennen, da wir beide das Freiherr-vom-Stein-Aufbaugymnasium besuchten. Ich fand sie von Anfang an toll, jedoch funkte es bei Nicole und mir erst in der Recklinghäuser Disco ›Bodega‹ am Rosenmontag 1971.«

»Hey, die Bodega, die Disco kenn ich«, unterbrach sie Max, »die ist ja ganz in der Nähe von meinem Elternhaus in der Recklinghäuser Innenstadt. Watt et nich alle für Zufälle gibt, also wirklich.« Caroline guckte nur mit erstaunten Augen zwischen Max und Danny hin und her, was da alles über ihre weit zurückliegende Familien-Geschichte zu berichten war. »Na jedenfalls«, fuhr Danny fort, »war es eine lustige Zeit damals, als der aktuelle Karnevalshit ›Auf die Bäume, ihr Affen, der Wald wird gefegt‹ hieß. Nicole und ich freuten uns damals beide sehr, dass wir endlich zusammen kamen. Sie war jung, total hübsch, hatte lange dunkelblonde Haare, eine tolle Figur und wunderschöne blaue Augen. Sie waren wie Sterne, die blitzten und strahlten.«

»Mann Mann Mann, Danny«, unterbrach ihn die Neu-Münchenerin Monika, die aber gebürtig aus Bochum kam und damit diese spezielle Ruhri-Runde komplett machte, »da kommst›e ja richtig ins Schwärmen, was?« Ruhrgebiets-Runde stimmte natürlich nur insofern, wenn man die ursprüngliche Recklinghäuser Herkunft von Carolines Mutter mitzählen würde.

»Na klar, Monika«, antwortete Danny, »da hatte ich auch allen Grund für. Denn die kornblumenblauen Augen von Carolines Mutter Nicole erschienen mir während eines nächtlichen Traums als optisches Mantra überdeutlich und verfolgten mich in meinen Tagträumen. Sie war für mich eine echte ›Traumfrau‹ und wurde meine erste Freundin, meine erste unvergessene Liebe. Zwar war es die erste Liebe, aber Bumsen gab es bei uns noch nicht. Denn sie war ja auch erst 15 Jahre jung. Dafür verbrachten wir viele Wochen und Monate in den Feldern und Wäldern um Datteln und Recklinghausen. Wir ›gingen zusammen‹. Auch im wahrsten Sinne des Wortes wollten wir zusammen gehen, am liebsten bis nach Kathmandu, Nepal. Davon träumten wir.

Wir hatten uns immer gegenseitig beteuert, nicht von einander zu träumen. Denn wir hatten ja einander. Doch als ich in Wildeshausen meinen Grundwehrdienst bei den Fallschirmjägern abdiente und daher weit weg von Nicole war, träumte ich eines Tages von ihr. Und im Nachhinein erfuhr ich dann, dass sie sich just zu diesem Zeitpunkt zu Hause in Recklinghausen innerlich von mir gelöst hatte. Der erste Liebeskummer über die Trennung bereitete mir einen riesengroßen Schmerz, viele Tränen und eine zeitlang Trauer. Denn ich konnte es nicht glauben, dass alles vorbei sein sollte. Da hatte ich erst Mal dran zu knacken.«

»Oh, Danny, wie traurig,« tröstete Caroline Danny, indem sie ihre Hand auf seine legte, »das habe ich ja überhaupt nicht gewusst. Da hat meine Mutter nie drüber gesprochen. Überhaupt hat sie mir so gut wie nix über ihre Kindheit und Jugendzeit in Recklinghausen erzählt. Wenn ich nicht als Kind ab und zu mal in den Ferien von Nürnberg ins Ruhrgebiet zu Omma Leonie und Oppa Walter nach Recklinghausen abgeholt worden wäre, wüsste ich gar nicht, dass es diese Stadt überhaupt gibt. Aber meine Großeltern im Ruhrgebiet sind schon recht früh gestorben, beide Ende der 80er Jahre. Oppa 1988 mit 58 Jahren an Lungenkrebs. Und danach wurde Omma auch schwer krank und starb 1989 mit nur 57 Jahren an nem Herzinfarkt. Mit 9 Jahren hatte ich die beiden datt letzte Mal besucht.« Bei ihrer Schilderung über ihre Kindheitserlebnisse in den Ferien wechselte Caroline unmerklich ein bisken watt ins Ruhri-Deutsche. Der hatte also watt abgefärbt, der Kohlenpott-Slang während ihrer Ferien im Ruhrgebiet.

»Ja, Caroline, das war ne schwere Zeit für uns frisch Verliebte, als ich mich am 1. Juni 1971 mit dem Zug von Recklinghausen zur Bundeswehr aufmachte. Am Bahnhof Recklinghausen verabschiedete sich Nicole von mir in ihrem zitronen-gelben Falten-Minirock, mein absolutes Lieblingskleidchen an ihr«, sinnierte Danny vor sich hin, »dieses Bild mit dem süßen gelben Mini habe ich immer noch vor Augen. Das werde ich nie vergessen. Vor allem, weil das das Schönste war, was ich in den nächsten Wochen und Monaten beim Bund zu sehen bekam.«

»Oh je, Danny«, tröstete ihn Caroline weiter, »das war schlimm für euch, was?«

»Ja, besonders als Kriegsdienstverweigerer unter Fallschirmjägern.«

»Mann, Danny, du hast aber ein gutes Gedächtnis!« wandte der verblüffte Max ein.

»Soll ich weitermachen? Oder langweile ich euch?« fragte Danny sicherheitshalber.

»Nee, mach schon, Danny, ist doch total spannend. Mach weiter«, forderte Monika.

»Einmal wollte ich einen Befehl verweigern, wie man es als KDV öfters mal machen musste«, erzählte Danny also weiter, »damit nahm ich wieder mal ›Bau‹ für Befehlsverweigerung in Kauf. Aber es sollte alles anders kommen. Die angekündigten ›Chaoten‹ aus Bremen kamen gar nicht erst. Kein Sturm auf die Kaserne, kein Schießbefehl, keine Befehlsverweigerung. Aber unser Hauptmann versicherte mir hinterher, dass er mich als KDV einfach weggesperrt hätte. Wären die Demonstranten tatsächlich gekommen, hätte ich gar nicht erst Gewissensbisse zu haben brauchen. Das war mal ein ausgesprochen fairer Zug unseres Hauptmanns.«

»UUUiiih!«, meinte Caroline erleichtert, »noch mal gut gegangen, was?«

»Ja, in diesem Fall hatte ich noch mal Glück im Unglück. Aber irgendwie war es mir da auch ziemlich egal gewesen«, resümierte Danny, »denn leider hatte sich meine liebste Nicole im Laufe des Septembers 1971 von mir getrennt. Dieses dramatische Ende meiner ersten großen Liebe fiel auch fast zeitgleich mit meiner Anerkennung als KDV zusammen. Denn im Oktober neigte sich plötzlich, aber nicht unerwartet, meine Bundeswehrzeit dem Ende zu. Ich hatte einen Termin für meine Verhandlung vor dem Amtsgericht Recklinghausen. Die KDV-Verhandlung war mir damals das Wichtigste überhaupt, zumal mich da Nicole schon verlassen hatte. Ich schaffte gleich bei der ersten Verhandlung am 12.10.1971, als KDV durchzukommen. So erlangte ich von da an auch offiziell meine Anerkennung, den Kriegsdienst mit der Waffe verweigern.«

»Ja, wenigstens etwas, Danny, Glückwunsch nachträglich«, ermunterte ihn Caroline.

Eine der Geschichten, als Nicole und Danny später Freunde blieben, fiel ihm in diesem Zusammenhang wieder ein: »*1973, also zwei Jahre später, hatten wir beide noch mal einen kurzen erotischen Set in Münster. Wir trampten zu einem Kuschelstündchen in der Studentenbude meines Dattelner Kumpels Rolli, wo wir es nach alter Tradition beim Knutschen und beim Petting beließen.«* Na ja, schöne Geschichte, aber nicht unbedingt der Stoff, den man einer jungen Frau erzählen konnte, die man gerade erst kennen gelernt hatte. Gerade weil sie sich als die Tochter der ›ersten Liebe‹ entpuppt hatte. Deshalb erzählte er Caroline lieber, woran er sich sonst noch von ihrer Mutter erinnerte: »Drei Jahre nach meiner Beziehung mit Nicole, also 1974, war ich allein auf dem Weg nach Kathmandu, schaffte es aber nur bis Afghanistan. Von Herat, West-Afghanistan, schrieb ich ihr einen langen Brief. Den erhielt sie aber nie, wie sie mir bei einem gemeinsamen Ausflug zu den Wildpferden im Merfelder Bruch bei Dülmen berichtete. Das war im Herbst 1974. Ich sah sie dort zum letzten Mal, als sie von der Dunkelheit und vom Nebel des Münsterlandes verschluckt wurde. Auch ihre Mutter in Recklinghausen, also deine Omma Leonie, verleugnete meinen Brief. Aber auf jeden Fall schien Nicole seitdem für mich für immer verschütt. Ja, so war datt mit deiner Mutter, liebe Caroline.«

Caroline war zwar total begeistert und sehr interessiert an Recklinghausen, der Herkunft ihrer Mutter. Max und Danny warfen sich dabei die ›Reckling-häuser‹ Bälle zu. Nur leider hatte sie selber keinen Kontakt mehr mit ihrer Mutter Nicole in Nürnberg. »Normalerweise, lieber Danny«, gestand Caroline traurig, »könnte ich jetzt meine Mutter anrufen und würde sie dabei von dir grüßen. Wahrscheinlich würde sie mir dann auch die Erlaubnis geben, dir ihre E-Mail-Adresse zu geben. Aber ich weiß ihre Telefonnummer gar nicht, und ich weiß auch sonst nichts von ihr.«

»Wie?« warf Danny ein, »du weißt ihre Telefonnummer nicht? Wie kommt das denn?«

»Ja weißt du, Danny, mein Mann Holger, den du ja schon bei meiner An-kunft hier gesehen hast, der hatte sich schon immer mit meiner Mutter wegen ihrer Vergangenheit rumgestritten. Erst recht schlimm wurde es, als meine Mutter ein paar Jahre nach dem Tode meines Vaters diesen Polen, diesen Kurtek Cervinski, in Nürnberg kennen lernte. Mann, datt war die schlimmste Zeit, sach ich Euch. Damals waren Holger und ich ja noch nicht verheiratet. Wir waren aber schon ein Paar. Da war ich so ca. 19 Jahre. Jedenfalls schrie der Holger mit meiner Mutter rum: ›Du mit deinem polnischen Auto-Schieber! Der Cervinski, der ist doch kriminell!‹ Danach haben wir uns dermaßen verkracht, dass wir uns total entzweit haben. Holger und ich sind von Nürnberg weg ins Rheinland gezogen. Dort haben wir auch sehr schnell geheiratet. Ja, und seit damals haben wir nie wieder Kontakt mit meiner Mutter gehabt. Ich weiß gar nicht, ob sie überhaupt noch in Nürnberg lebt.«

»Wann war datt denn?« fragte Danny.

»Ja, das muss so ungefähr 1998 gewesen sein. Denn am 9. März 1999 haben Holger und ich in Unkel am Rhein geheiratet.« Caroline wusste nur, dass ihre Mutter von 1976 bis Ende der 1990er Jahre in Nürnberg gewohnt hatte. Sie hatte keine Adresse, keine Telefon-Nummer, keine E-Mail-Adresse, nix. Sie wusste auch nicht, wo und ob sie überhaupt noch dort lebte.

»Weißt du, Danny. Ich hab es schon noch mal heimlich versucht, meine Mutter anzurufen, ohne dass Holger da was von wusste. Als wir geheiratet haben, wollte ich sie zumindest davon informieren. Aber die alte Telefonnummer von ihr gab es wohl nicht mehr: ›Kein Anschluss unter dieser Nummer.‹ Und meine Hochzeits-Anzeige an unsere alte Adresse in Nürnberg, Reuthwiesenstraße 3, kam ungeöffnet zurück. Versehen mit dem Stempelvermerk: ›Empfänger unbekannt verzogen‹. Ja, leider.«

»Schade«, meinte Danny mit bekümmerten Blick. Er dachte dabei: »wie gewonnen, so zerronnen.«

Bei den Gesprächen an Tisch 32 stellte sich raus, dass Max zu Hause in Recklinghausen in der Nähe des Prosper-Krankenhaus wohnte. Da fragte Danny ihn auch sofort spontan: »Dann kennst du doch bestimmt auch die Gaststätte ›Baum‹?« Das war so ein Hippie-Treff in den 70er Jahren, wo mitten in der Kneipe ein riesiger Baum stand. »Ja klar«, meinte Max, »den Baum als Kneipe kenne ich auch noch. Da ist jetzt allerdings so eine Lebensmittel-Ausgabe von der AWO für sozial Schwache drin. Aber das ist ja ein Dingen, dass du die Kneipe überhaupt kennst.«

»Da hatten wir mal 1975 mit dem ›Moon-Dog‹, dem blinden US-Jazz-Musiker aus Oer-Erkenschwick, eine Wintersonnenwende gefeiert. Alle brachten ihre Trommeln mit, ich auch, und dann ging aber so was die Post dort ab im Baum, Wahnsinn!« Max fragte Danny: »Ja, kennst du denn auch noch das ›8 bis 8‹ am Recklinghäuser Innenstadtring?«

»Na, ja klar«, war Dannys begeisterte Antwort, »das ›8 bis 8‹ war sogar Nicoles und meine Stammkneipe. Da verbinden mich viele Geschichten mit. Gibt‹s das etwa auch noch?« Max erzählte dann begeistert von seinen Freunden aus Göttingen, mit denen er immer ins ›8 bis 8‹ zum Frühstücken gehen würde, wenn die ihn mal besuchten: »Denn das ist die einzige Kneipe, wo man immer noch rauchen darf.«

»Apropos Rauchen«, entgegnete ihm Danny, »da fällt mir zum ›8 bis 8‹ ne tolle Story ein. Vor meiner ersten Tramptour nach London im Sommer 1970 sollte es für Carlos und mich die erste ›Pfeife‹ geben. Vor dem ›8 bis 8‹ trafen Carlos und ich den Dealer am Straßenrand in seinem Auto. Wir setzten uns da rein und mussten einen ›Fünfer‹ abdrücken. Dann konnte der ›Film‹ losgehen. Rasch glimmte das Haschisch-›Turnpiece‹ in der Pfeife, die dann rumging. Schließlich war ich dran. Weil ich als Nichtraucher jedoch noch nie was Fremdes in der Lunge kannte, blies ich in die Pfeife, statt zu ziehen. Das Ergebnis war ein lustig in der Pfeife hüpfendes und glimmendes Stückchen Haschisch. Das sprang durch mein kräftiges Blasen endgültig aus der Pfeife und landete auf dem dreckigen Boden des Dealer-Autos. Test: nicht bestanden. Haschisch rauchen: ungenügend. Setzen! Das war's mit der ersten Pfeife.«

»Geil, Wahnsinn«, begeisterte sich Max, »dann kanntest du das ›8 bis 8‹, den ›Baum‹, die Disco ›Bodega‹ und womöglich auch die Vestlandhalle in Recklinghausen?«

»Ja klar, aber sicher, da bin ich zweimal mit meinen Gruppen bei den Beat-Shows aufgetreten: 1971 mit ›Charly Brown‹ und 1972 mit ›Dattelner Kanal‹«, freute sich Danny, »1971 hat uns Nicole sogar dabei live erlebt, als wir Publikumssieger von 24 Beat-Gruppen aus dem Vest Recklinghausen geworden sind.«

»Joh joh joh, das waren in den 70er Jahren Kneipen- und Szenemäßig die besten Jahre in Recklinghausen,« wusste Max zu ergänzen.

»Jop, und die ›Metro‹ in Marl, das berüchtigte Underground-Kino«, erinnerte sich Danny mit strahlenden Augen, »und datt ›Old Daddy‹, die Szene-Disco in Haltern.«

»Jau!« retournierte Max, »kennse au datt ›Drübbelken‹ und die ›Altstadt-schmiede‹ inner Recklinghäuser City?«

»Aber klaro«, kam es von Danny zurück. Caroline staunte nicht schlecht, als sich Danny und Max die ›Bälle‹ über Recklinghausen hin und her zuwarfen. Und dass sie ihr vor Augen führten, wie die Jugend ihrer Mutter Nicole damals Anfang der 1970er Jahre in Recklinghausen ausgesehen hatte.

Treffer

Einige Monate nach seinem Reha-Aufenthalt in Mölln begann Danny, nach Nicole zu forschen und über sie zu recherchieren. Er war ja sehr erfolgreich bei der Suche nach seiner früheren Brieffreundin aus Leipzig gewesen. »Vielleicht klappt das ja auch bei meiner ersten Liebe Nicole?« dachte er sich. Vom Einwohnermeldeamt in Recklinghausen bekam Danny per Telefon die Gebührenhöhe von 7,-- € Vorkasse und die Zahlungsmodalitäten mitgeteilt. Außerdem deren E-Mail-Adresse, an die er sein Anliegen schriftlich richten konnte.

Per @: von: Kowalski, Danny
gesendet: Dienstag, 18. Oktober 2011 11:17
an: ›einwohnermeldeamt@recklinghausen.de‹
Betreff: Melderegister-Anfrage wg. Nicole Lieberberg

Sehr geehrte Damen und Herren
des Einwohnermeldeamtes der Stadt Recklinghausen,
Ich bitte um Beantwortung meiner Melderegister-Anfrage wg. Nicole Lieberberg, geb. am 12.05.1956. Ihre letzte Adresse von 1972 war Obere Meierei 72 in 435 Recklinghausen. Ich möchte Kontakt mit Nicole Lieberberg aufnehmen. Dafür benötige ich ihre neue Anschrift und auch ihren aktuellen Hausnamen. Ich wäre Ihnen sehr verbunden, wenn Sie mir die entsprechende Meldeauskunft per E-Mail zusenden könnten.
Mit freundlichen Grüßen
Danny Kowalski

Nach vier Wochen hatte Danny immer noch keine Antwort vom Einwohnermeldeamt in Recklinghausen bekommen. Da entschloss er sich Mitte November 2011, dort anzurufen und noch mal nachzufragen. Aber die Mitarbeiterin Frau Andrea Ziemke, die für den Buchstaben ›L‹ zuständig gewesen wäre, traf er an diesem Tag nicht an, dafür eine andere Kollegin, die ihm die E-Mail-Adresse von Frau Ziemke gab. Also versuchte Danny es mit einer erneuten E-Mail:

@ von: Kowalski, Danny
gesendet: Mittwoch, 16. November 2011 08:46
an: ›andrea.ziemke@recklinghausen.de‹
Betreff: Melderegister-Anfrage wg. Nicole Lieberberg

Sehr geehrte Frau Ziemke,
Heute konnte ich Sie leider telefonisch nicht erreichen. Ihre Kollegin hat mir
jedoch Ihre direkte E-Mail-Adresse gegeben, weil Sie für den Buchstaben ›L‹ zu-
ständig sind. Ich hatte wegen der Melderegister-Anfrage für Nicole Lieberberg
bereits am 18.10.2011 eine E-Mail an das Einwohnermeldeamt Recklinghausen
gesandt, ohne bisher eine Antwort von Ihnen erhalten zu haben. Nach einem
Monat stelle ich deswegen jetzt meine erneute Nachfrage. Ich bitte Sie, mir meine
Melderegister-Anfrage zu beantworten.
Vielen Dank im Voraus und mit freundlichen Grüßen
Danny Kowalski

Dieses Mal hatte er seine erste E-Mail vom 18.10.2012 als Anhang mit gesendet,
so dass seine erneute Anfrage eher wie eine Mahnung erschien. Frau Ziemke
reagierte schnell, auch wenn die Antwort nicht in seinem Sinne ausfiel:

@ von: Andrea Ziemke [Andrea.Ziemke@recklinghausen.de]
gesendet: Freitag, 18. November 2011 08:44
an: Kowalski, Danny
Betreff: Antwort: Melderegister-Anfrage wg. Nicole Lieberberg

Sehr geehrter Herr Kowalski,
es tut mir leid, Ihnen mitteilen zu müssen, dass Nicole Lieberberg im Melde-
register in Recklinghausen l unter dem Namen nicht gefunden werden konnte.
Mit freundlichem Gruß
Andrea Ziemke

Danny wollte erst schon aufgeben, nachdem er diese abschlägige Antwort
bekam. Aber dann dachte er sich: »Was in Leipzig geht, muss doch in Recklinghausen auch gehen.« Gedacht – getan. Er ließ nicht locker und rief Frau
Ziemke im Recklinghäuser Einwohnermeldeamt an. Sie war etwas zugängli-
cher geworden, da sie inzwischen schon öfter mit Danny zu tun gehabt hatte.
Sie war dann auch sehr von Dannys Ausführungen beeindruckt, dass er mit

einem ähnlichen Anliegen in Leipzig dort über das Archiv schon Erfolg gehabt hatte. Deshalb ließ sie sich auch davon überzeugen, dass es doch möglich wäre, etwas über den Verbleib von Nicole Lieberberg herauszufinden, die ja offensichtlich mal in Recklinghausen gewohnt hatte. Sie versprach, im Archiv nachzuschauen, was aber einige Wochen dauern könnte. Sie bat Danny um Geduld, die er gerne aufbringen wollte. Und siehe da. Noch im gleichen Jahr 2011, nur vier Wochen später, erhielt Danny eine Antwort von Frau Ziemke. Er solle auf die angegebene Kontoverbindung die Gebühren für Archiv-Arbeiten in Höhe von 20,-- Euro einzahlen. Nach Zahlungseingang bekäme er umgehend die gewünschte Melderegister-Auskunft. Nachdem er überwiesen hatte, kam dann auch zeitnah die gewünschte Auskunft.

@ von: Andrea Ziemke [Andrea.Ziemke@recklinghausen.de]
gesendet: Donnerstag, 15. Dezember 2011 09:06
an: Kowalski, Danny
Betreff: Antwort: Melderegister-Anfrage wg. Nicole Lieberberg

Sehr geehrter Herr Kowalski,
entschuldigen Sie bitte die späte Antwort, aber die Archivarbeiten nehmen sehr viel Zeit in Anspruch. Ich konnte heraus finden, dass Frau Nicole Lieberberg im Jahre 1976 nach 90425 Nürnberg in die Reuthwiesenstraße 3 verzogen ist. Ich hoffe, diese Angabe kann Ihnen weiter helfen. Ich wünsche Ihnen ein schönes Weihnachtsfest.
Mit freundlichen Grüßen
Andrea Ziemke

Na super, Danny war happy, denn es gab für ihn endlich eine Spur von Nicole. Frohen Mutes telefonierte er einen Tag später mit dem Einwohnermeldeamt in Nürnberg unter der im Internet-Telefonbuch herausgefundenen Nummer und kam so Nicole immer näher. Dort bekam er von Herrn Pfeffer die Auskunft, dass er diesen Antrag schriftlich vorbringen möge. Die 10,-- € Gebühren dafür würden dann per Einzugsermächtigung abgebucht. Nachdem er diesen Antrag gestellt hatte, bekam Danny die folgende Mitteilung schon nach einer Woche schriftlich zugestellt:

»Nicole Lieberberg, geboren am 12.05.1956,
verheiratet am 06.04.1979 als Nicole Haferland.
Am 30.06.1999 hat sie sich als Nicole Hausner abgemeldet.
Die Rückmeldung aus Fürth kam am 01.07.1999
unter Nicole Hausner, Tannenstraße 5 in 90762 Fürth.«

»Aha«, dachte sich Danny, »Nicole hat also zwanzig Jahre in Nürnberg gewohnt. Sie ist zweimal verheiratet gewesen und wohnt inzwischen in Fürth,
genauer gesagt, schon seit Sommer 1999.« Kein Problem für Danny. Für ihn
war das ja schon eine gewisse Routine, mit Mitarbeitern von Einwohnermelde-
ämtern zu sprechen. Und so telefonierte er am gleichen Tag mit der Stadtverwaltung Fürth. Die leiteten ihn sofort weiter zum dortigen Einwohnermeldeamt, wo er von Herrn Ferschl die Auskunft bekam, dass er einen schriftlichen
Antrag mit einem Verrechnungsscheck für die Gebühren in Höhe von 10,-- €
stellen müsste. Nachdem Danny auch diese letzte Hürde überwunden hatte,
erfuhr er schriftlich Nicoles aktuelle Adresse:
»Austraße 91, 90763 Fürth«,
und dass sie inzwischen wieder geschieden war. Durch das Internet-Telefonbuch fand Danny heraus, dass Nicole telefonisch nicht gemeldet war.

Na ja, dann musste er ihr wohl schreiben, wenn er mit ihr in Kontakt kommen wollte, und zwar mit der ›gelben Post‹.

»Auf, auf, Danny, mach das, was du immer am besten konntest: Briefe
schreiben.« Denn da es keine andere Kommunikations-Möglichkeit gab, ließ
Danny seine alte ›Leidenschaft im Briefkuvert‹ wieder aufleben und schrieb
ihr einen langen schönen Brief, um zu erfahren, wie es ihr in der Zwischenzeit
ergangen war. Natürlich auch, um ihr mitzuteilen, wie es ihm selber ergangen
war. Darin legte Danny all sein Herzblut, was er im Moment für seine vor
langen Jahrzehnten verflossene erste Liebe hatte.

Hagen, zum 30. Dezember 2011
Liebe Nicole,
ÜBERRASCHUNG ….!!! Endlich hab ich dich gefunden. Was bin ich froh dar-
über. Oft habe ich in der Vergangenheit an dich gedacht. Jedes Jahr am 12. Mai,
deinem Geburtstag, natürlich immer besonders. Manchmal fragte ich mich, ob
du überhaupt noch lebst? Aber jetzt habe ich die Gewissheit. Du lebst irgendwo

in Fürth und bist mittlerweile eine Fränkin geworden. Ich hoffe, es geht dir gut. Und ich hoffe, dass du jemand Liebes hast, mit dem du zusammen sein kannst? Und sonst: was ist aus dir geworden? Hast du jemals einen ›Joschi‹ bekommen, wie damals 1971 der kleine süße Junge aus der Illustrierten hieß? Mir selbst geht es gut. Ich bin seit fast 5 Jahren mit meiner Frau Moni glücklich und zum ersten Mal verheiratet. Wir haben keine Kinder, aber eine Katze. Unsere Lilli ist 5 Jahre alt, schwarz mit weißem Lätzchen, und wir haben sie sehr lieb. Jetzt wünsche ich dir alles Gute und Liebe von Danny

Facebook

Danny hatte Nicole ja einen ausführlichen Brief geschrieben, der aber nicht beantwortet wurde. Während er auf eine Antwort wartete, fand er zu seiner größten Überraschung bei Facebook eine Nicole Hausner aus Fürth, die auch vorher in Nürnberg gewohnt hatte. Mit Jahrgang 1956 hätte sie tatsächlich von ihrem Alter und Profilfoto her seine gesuchte Nicole sein können. Also schrieb er sie einfach und kurz entschlossen an.

@ von: Facebook
Datum: 20.02.2012, 11:35
An: Nicole Hausner
Betreff: Nachrichten von Danny Kowalski

Hallo, liebe Nicole,
bist du das? Die Nicole, die früher in Recklinghausen wohnte und damals 1971 Nicole Lieberberg hieß? Ich weiß, dass du jetzt in Fürth wohnst und Nicole Hausner heißt. Auch dein Foto sieht so aus, als könntest du das sein, an die ich mich so gut erinnere. Das wäre die Frau, die am 12.05.1956 geboren ist. Bist du das tatsächlich? So, dann sei doch bitte so lieb, und antworte mir. Auch wenn du diejenige gar nicht bist, die ich eigentlich meinte. Dann weiß ich jedenfalls Bescheid. So oder so: alles Liebe und Gute wünscht dir Danny

Auf dem Facebook-Profilfoto der sympathischen Nicole Hausner aus Fürth war eine immer noch gut aussehende blauäugige Frau mit nettem Gesicht und rotblonder Zusselfrisur zu sehen. Nicoles Antwort ließ nicht lange auf sich warten. Nach einer guten Stunde erschien sie schon auf Dannys PC.

@ von: Facebook
Datum: 20.02.2012, 12:40
An: Danny Kowalski
Betreff: Neue Nachrichten von Nicole Hausner

Hallo lieber Danny,
leider bin ich nicht die Nicole, die du suchst. Habe mich aber trotzdem über deine Anfrage gefreut. Wünsche dir auch alles Gute weiterhin, Nicole

Na ja, das wäre ja auch zu schön gewesen, wenn das für Danny so einfach wäre, seine Nicole wieder zu finden.

@ von: Facebook
Datum: 20.02.2012, 14:37
An: Nicole Hausner
Betreff: Neue Nachrichten von Danny Kowalski

Hallo, liebe Nicole,
erst einmal vielen Dank für deine schnelle Antwort, über die ich mich sehr gefreut habe.
Auch wenn du das jetzt doch nicht bist, eben die Nicole, aus Recklinghausen, die damals 1971 Nicole Lieberberg hieß. Es hätte so gut gepasst. Weißt du: Nicole und ich, wir beiden waren damals 1971 die ›erste große Liebe‹ für einander. Und dann ging das auseinander, und ich wusste noch, dass sie damals in den 70er Jahren nach Nürnberg gezogen ist. Mehr nicht – jahrzehntelang nichts mehr voneinander gehört. Ich wusste noch nicht einmal, ob sie noch lebt. Bis ich mich dann im Laufe des letzten Jahres über die Einwohnermeldeämter Recklinghausen und Nürnberg auf ihre Spur gemacht und dadurch erfahren habe, dass sie jetzt in Fürth wohnt und durch Heirat inzwischen Nicole Hausner heißt. Und dann auch noch dein schönes Foto hier auf Facebook. Das ist ja etwas Märchenhaftes, wenn man das Bild des jungen Mädchens mit langen mittelblonden Haaren vor Augen hat, wie es vor 40 Jahren aussah. Dann stellt man sich so vor, wie sie wohl

heute aussehen würde? Und du siehst halt so sympathisch und attraktiv aus, als könntest du diese sein, an die ich mich so gerne und gut erinnere. Ich hoffe, dass du dich jetzt nicht von mir im Alter falsch eingeschätzt fühlst. Das Geburtsdatum der einst von mir geliebten Nicole war der 12.05.1956. Sie ist also jetzt so 55 Jahre alt. Schön, dass du so lieb warst, mir zu antworteten.

  Alles Liebe und Gute weiterhin wünscht dir
  Danny

Das hatte aber immerhin diese andere Nicole Hausner in Fürth so angerührt, dass sie Danny zwei Tage später antwortete.

@ von: Facebook
Datum: 22.02.2012
An: Danny Kowalski
Betreff: Neue Nachrichten von Nicole Hausner

Hallo lieber Danny, finde ich wirklich sehr schade für dich. Du hast dich sicherlich sehr gefreut, als du meintest, ich wäre wohl die gesuchte Nicole, deine erste große Liebe. Es ist schön, dass es noch Männer gibt, die romantisch sind. Ich drücke dir ganz fest die Daumen, dass du sie doch noch findest. Vielleicht bekommt Ihr dann noch eine zweite Chance, wäre doch sehr schön, oder? Ja, da wird man schon sentimental, wenn dann der Tag wieder da ist, wo es gefunkt hat! Manchmal geschehen solche schönen Momente und man begegnet sich plötzlich, weil es dann so sein sollte. Auf jeden Fall wünsche ich dir von Herzen viel, viel Glück! Nicole

PS: Danke, für das liebe Kompliment, das hört jede Frau gerne.

Na ja, hatte Danny wenigstens wieder mal charmant ein Kompliment verteilt. Fast wie damals, als er der ›Leidenschaft im Briefkuvert‹ frönte. Nur dass es dieses Mal per PC und Facebook ging. Für die Romantikerin in Fürth hatte Danny dann immerhin noch eine passende Antwort auf Lager.

@ von: Facebook
Datum: 24.02.2012
An: Nicole Hausner
Betreff: Neue Nachrichten von Danny Kowalski

Hallo, liebe Nicole,
ich habe mich sehr über deine schnelle Antwort gefreut. Danke auch für deine
schönen Worte. Deine Wünsche, ›meine‹ Nicole wieder zu finden, die nehme ich
gerne an. Aber von wegen ›zweite Chance‹: nein, danach suche ich nicht. Denn
ich bin seit 2007 glücklich verheiratet. Ja, ja, das mit den romantischen Männern.
Aber so habe ich immerhin dich netten Menschen in Fürth etwas kennen gelernt,
und du mich. Alles Liebe und Gute weiterhin wünscht dir Danny

Danny ließ es sich nicht nehmen, seiner Facebook-Freundin Nicole aus Fürth
davon später zu berichten, wie und ob es zu einem Kontakt mit seiner ›echten‹
und lange gesuchten Nicole aus Fürth gekommen war.

Nach 37 Jahren

Danny fand es schon etwas merkwürdig, dass er von Nicole keine Antwort auf
seinen Brief bekam. Erst hatte er sich total gefreut, sie nach Jahrzehnten aufgespürt zu haben. Dann hatte er ihr geschrieben, ohne eine Reaktion darauf zu
bekommen. Was das wohl zu bedeuten hatte? Trotzdem ließ Danny nicht locker und schrieb ihr zu ihrem 56. Geburtstag im Mai 2012 einen zweiten Brief:

Hagen, zum 12. Mai 2012
Liebe Nicole,
ich weiß gar nicht, ob du meinen ersten Brief von Ende Dezember 2011 bekommen
hast? Denn Antwort hab ich darauf von dir nicht bekommen. Aber jetzt wünsche
ich dir erst einmal herzlichste Glückwünsche zu deinem 56. Geburtstag. Falls
du mir auch auf diesen Brief wieder nicht antworten wirst, dann hast du wohl
deine Gründe dafür und willst keinen Kontakt. Dann würde ich dich auch nicht
mehr länger kontaktieren. Wäre zwar schade, aber nichts kann man erzwingen.
Trotzdem wünsche ich dir alles Gute und Liebe Danny

Und siehe da. Danny hatte schon kaum mehr zu hoffen gewagt. Nur 10 Tage nach ihrem Geburtstag bekam er eine Antwort von Nicole: eine Ansichtskarte mit zwei roten Hibiskus-Blüten vorne drauf. Er erkannte sofort ihr prägnantes Schriftbild wieder. Der Text war zwar kurz, aber herzlich:

21.05.12

Servus lieber Freund aus alten Tagen,
Danke für deine Briefe und alle guten Wünsche zu meinem biblischen Alter! Ich werde dir bald ausführlicher über mein Leben berichten, bitte noch etwas Geduld.
Liebe Grüße an dich und deine Frau
Nicole

»Aha, ›Servus‹ schreibt sie, also ist sie eine echte Fränkin geworden. Kein Wunder, nach 35 Jahren Leben in Nürnberg und Fürth. Und bald wird sie mir in einem ausführlichen Brief erzählen, wie es ihr in ihrem Leben ergangen ist. Da bin ich aber sehr gespannt drauf«, dachte Danny.

Hagen, den 23. Mai 2012
Liebe Nicole,
Ich freu mich total darüber, dass du dich gemeldet hast. Und auch dieses ›lieber Freund aus alten Tagen‹, das hört sich gut an. Das möchte ich für dich sein. Mit großer Spannung warte ich auf deinen angekündigten ausführlichen Brief, in dem du mir über dein Leben berichten wirst. Und natürlich werde ich Geduld haben. Lass dir ruhig Zeit, alle Zeit, die du dafür brauchst. Nachdem ich 37 Jahre nix von dir gehört, gelesen und gewusst habe, da kommt es dann auf ein paar Wochen oder Monate auch nicht mehr an. Ich wünsche dir alles Gute und Liebe.
Dein guter Freund aus alten Tagen
Danny

Und dann kamen sie, aber so was von sturzbachähnlich. Erst hatte Danny ein halbes Jahr keine Reaktion von Nicole bekommen. Und jetzt gleich zwei lange Briefe an einem Tag. Brief 1 war mit zwei gelben Vögelchen auf blauen Vergissmeinnicht-Blümchen beklebt, und hinten drauf ein Aufkleber mit ›Herzchen-Grüßen‹. Im Kuvert war eine Karte mit kornblumenblauen Blumen mit dem Titel ›Jungfer im Grünen‹. »Farblich sehr zu Nicoles kornblumenblauen Augen passend,« dachte Danny. Hinten drauf ein aktuelles Foto von Nicole, auf dem er sie zwar wieder erkannte. »Aber ob ich sie auch bei einer Begegnung in einer beliebigen Fußgängerzone wieder erkannt hätte«, dachte Danny, »das scheint mir fraglich. 37 Jahre sind doch eine lange Zeit und können einen Menschen optisch ziemlich verändern.« Als Danny die Zeilen las, die Nicole auf die Karte geschrieben hatte, lief ihm eine Gänsehaut den Rücken runter:

»Beim Aufgang der Sonne und bei ihrem Untergang erinnere ich mich an Dich.
Beim Wehen des Windes und in der Kälte des Winters erinnere ich mich an Dich.
Zu Beginn des Jahres und wenn es zu Ende geht, erinnere ich mich an Dich.
Wenn wir müde sind und krank, erinnern wir uns an uns.
Wenn wir verloren sind und Kraft brauchen, denken wir an uns.
Wenn ich Freude erlebe, die ich gerne teilen würde, erinnere ich mich an Dich.«

»Ähnlich geht es mir«, dachte Danny, »du sprichst mir aus der Seele, lässt tiefe Saiten des Verständnisses und gegenseitiger Vibrations anklingen.«
Und dann der eigentliche Brief 1:

27. Mai 2012

Hey, lieber Freund,
zum Anfang ein Gedicht:
die Freude hält sich leicht in Grenzen,
wenn man mit unserer Zahl von Lenzen
erkennt, dass man schon ein Fossil,
zum Glück jedoch noch nicht senil!
Ich freue mich so über deine Post, unbeschreiblich, weil so überraschend. Vor allem, an was du dich erinnerst, z.B. Joschi.

Danny freute sich über das Eingangs-Gedicht, mit dem Nicole humorvoll auf ihr ›hohes Alter‹ von 56 Jahren ansprach. Noch mehr freute er sich über ihre unbeschreibliche Freude, dass er ihr überhaupt geschrieben hatte. Also beruhte das schon mal auf Gegenseitigkeit. Und aufgeregt las Danny weiter, wie es Nicole damals in Recklinghausen ergangen war. Teilweise wusste er noch das eine oder andere aus eigenem Erleben. Denn er hatte es selber gesehen oder von Nicole zu jener Zeit erfahren. Mit ihr und ihrem Freund Henner Heinrich hatte Danny ja in den Jahren 1972 bis 1974 hin und wieder noch Kontakt gehabt. Jetzt wunderte Danny auch gar nicht mehr, wie das damals 1972 war, als er zu spät zu seinem Date mit Nicole kam. Wenn sie in der Zeit quasi im Park am Ruhrfestspielhaus ›gewohnt‹ hatte, dann traf er sie natürlich auch noch Stunden nach ihrer eigentlichen Verabredung dort an. Ja, und dann, wie es alles aufhörte bei ihr in Recklinghausen: mit Mittlerer Reife abgebrochene Schul-Laufbahn, begonnene Ausbildung als Krankenschwester im Prosper-Krankenhaus, die Danny bekannte Drogen-Abhängigkeit, der für ihn abrupte Stopp ihrer Biographie mit der Flucht nach Bayern.

Nicole schrieb weiter: »*So bin ich abgehauen zu einem Hopfenbauer in der Holledau/Bayern. Auf den Hopfenfeldern bin ich zu mir gekommen, und in meinem Leben schien alles gut …*«

Aha, Holledau, dorthin hatte es Nicole also Mitte der 70er Jahre verschlagen, als sie auf einmal wie vom Erdboden verschwunden war. Die Holledau ist ein fast zentral in Bayern gelegenes Hopfenanbaugebiet, das grob von den Städten Ingolstadt, Landshut und Freising abgegrenzt wird.

»*Aber dann wurde ich dort von einer rumänischen Bande aus Freising verschleppt. Erst haben die mich im Erdinger Moos für ne Nacht zwischengelagert, wo ich sie belauschen konnte. Dabei erfuhr ich, dass sie mich anscheinend zu so ner Art ländlichem Edel-Puff nach Windisch-Eschenbach in der Oberpfalz bringen wollten. Am nächsten Tag ging's mit ihrem alten Ford-Transit auf der A 9 weiter. Aber ich konnte glücklicherweise unterwegs auf einer Autobahnraststätte in der Nähe von Nürnberg ausbüxen, als man mich auf die Toilette ließ. Ein netter fränkischer Trucker half mir zu entkommen und ließ mich später in Nürnberg aussteigen.*«

Brief 2 war außen liebevoll mit drei Blümchen-Aufklebern dekoriert. »Immer noch viel Sinn für das feine Detail«, dachte Danny. Sie beschrieb sehr passend die Situation von Danny und Nicole im Laufe der Jahrzehnte:

> *Man sollte die Zukunft im Sinne haben,*
> *und die Vergangenheit im Herzen.*
> *Nicole*

Gerührt über soviel passende philosophische Weisheit, las Danny neugierig den zweiten Brief von Nicole:

27. Mai 2012

Hey, junger Freund aus alten Tagen,
nach meiner Flucht blieb ich gleich in Nürnberg, wo ich die längste Zeit verbracht
habe. Dort bekam ich eine Tochter, Caroline ist jetzt 33 Jahre. Mit ihr habe ich
jetzt leider keinerlei Kontakt, schon seit 14 Jahren nicht mehr. Wahrscheinlich,
weil sie genauso eigenwillig ist, wie ich es als junge Frau war …!? Aber trotzdem
bleibt mein Humor: nimm die Dinge nicht wichtiger als dich selbst und bleibe dir
treu. Ich war und bin heute noch ein Rebell, gehe geradlinig und ehrlich durch
mein und anderer Menschen Leben.

Das Leben an sich hat mir und ich demselben bis an die Grenzen alles abver-
langt. Ab und zu setze ich heute andere Akzente, aber ich werde bis zum letzten
Schnaufer bleiben, wer und was ich bin. Eigentlich geht es mir gut – weil ich ein
Rebell bin! Bis dahin ganz besonders dankbare, liebe Grüße – auch an deine
Frau –
von Nicole

»Aha«, dachte Danny, »interessant ist der Fakt, dass Nicole das Alter ihrer
Tochter Caroline mit 33 Jahren angibt.« Genau das hatte ja Danny bei seiner
denkwürdigen Begegnung mit eben dieser Caroline während seiner Möllner
Kur erfahren: Caroline war damals 32 Jahre alt. Aber sonst passte ja alles so,
wie Danny ›seine‹ Nicole in Erinnerung hatte. Eine liebenswerte Rebellin,
immer selbstlos an andere denkend, immer ehrlich und geradeaus. Das
Leben bis an die Grenzen genossen. Nicht jammern, sondern humorvoll
in die Zukunft schauen, egal, wie schlimm die Gegenwart gerade aussah.
Philosophisch und in sich ruhend. Dadurch fühlte sich Danny ihr nahe.
Nachdem er die atmosphärische Dichte von Nicoles zwei Briefen einige Tage
hatte sacken lassen, verarbeitete er seine Eindrücke in einem euphorischen
Antwortbrief:

Hagen -> Fürth, den 1. Juni 2012
Hallo, liebe Nicole, liebe Freundin aus alten Tagen,
ich bin ja so glücklich über deine beiden Briefe. Du bist schon eine extreme Frau,
schon immer gewesen. Erst höre ich fast ein halbes Jahr überhaupt nix von dir,
und dann gleich zwei Briefe an einem Tag. Und so schöne!

Aha, da warst du also? In den Hopfenfeldern des Holledau …: wusstest du denn, dass Hopfen zur gleichen botanischen Familie wie Hanf (Cannabis) gehört, nämlich zu den Cannabaceae?

Mannomann, liebe Nicole, was für ein Leben? Erst die Verschleppung durch diese miese Bande, dann deine Flucht nach Nürnberg. Das reicht ja alleine schon für einen Roman. Auch wenn du fürchterliche dramatische Einschnitte in deinem Leben erlebt hast, lese ich immer noch deinen unwiderstehlichen Lebensmut heraus, deinen unzerstörbaren Humor und deine gradlinige Aufrichtigkeit: weiter so! Ich freu mich auf unseren zukünftigen fruchtbaren Briefwechsel und wünsche dir alles Gute und Liebe.

Dein guter Freund aus alten Tagen
Danny

Danach berichtete Danny froh und stolz zugleich seiner Stayfriends-Freundin Biggy, der er mal über seine Suche nach Nicole erzählt hatte, dass er wieder Kontakt zu Nicole gefunden habe. Biggy war ja immerhin Anfang der 1970er Jahre eine Klassenkameradin von Nicole auf dem Freiherr-vom-Stein-Gymnasium Recklinghausen gewesen.

@ über Stayfriends

Hagen, den 02.06.2012

Liebe Biggi,
das wird Dich interessieren. Ich habe sie aufgespürt, nach ca. einem Jahr Suche. Deine frühere Klassenkameradin Nicole, die ja 1971 meine erste Liebe war, wohnt heute in Fürth. Wir haben uns in den letzten Wochen ein paar Mal hin und her geschrieben. Da staunst du, was? Ich war allerdings auch baff.

Ciao, bis die Tage und alles Liebe von Danny

In der nächsten Zeit kam es zu einem regen Korrespondenz-Austausch zwischen Hagen und Fürth. Danny und Nicole hatten sich soviel zu schreiben.

Fürth, den 01.07.2012

Hey, mein Guter,
Ich habe ausgeweint wegen der Fußball-EM. Danny, mir fällt es zunehmend schwerer, dir zu schreiben, ich kann besser reden. Es besteht ja die Möglichkeit,

bei einer Fahrt in den Süden kurz mal in Fürth-Südstadt einen Kaffee zu trinken. Würde mich auch freuen. Übrigens, Post von dir ist Balsam für meine Seele!
Danke
  Gruß Nicole

Und Danny schrieb ihr bald zurück:

                            Hagen, den 3. Juli 2012
Hallo, liebe Nicole, liebe Freundin aus alten Tagen,
hier kommt weiterer Balsam für deine Seele. Vielen Dank für deinen lieben Brief. Da bestätigte sich für mich, was für ein rasch begeisterungsfähiger Mensch du schon immer gewesen bist.
  Ciao und alles Liebe und Gute
  weiterhin wünscht dir dein guter Freund aus alten Tagen
  Danny

Wie immer verschönte Danny seinen Brief mit Bildchen hinten drauf und innen ein Foto von Joschi von 1971 und eine Pfauen-Feder. Inzwischen freute sich Danny auf Post von Nicole. Aber es überraschte ihn sehr, dass dieses Mal ein Groß-Brief voller Fotos und Aufmerksamkeiten kam. Außen mit einer selbst gemalten Sonne versehen, worunter eine Karte voller Sonnenblumen geklebt war. Und im Brief eine wahre Foto-Flut. Ein großes Foto von ihr, worauf sie mit hellblond gefärbten Haaren jung und fröhlich, nahezu jugendlich aussah. Dazu ein Foto von Ende der 70er Jahre: Nicole ganz in weiß, mit einem weißblütigem Blumenstrauß, weißem Hut und langen wehenden mittelblonden Haaren, wie Danny sie von damals in Erinnerung hatte. In ihrem aktuellen Brief zogen sich viele kleine nette Aufkleber am Briefrand wie Girlanden entlang.

                                10.07.2012
Servus, alter Freund
Das vergessene Handwerk, Relikt aus längst vergangener Zeit -> ich schreibe per Hand. Ich lehne vehement so gut wie alle modernen Kommunikationsmittel ab! Ich habe keinen Computer. Mit Menschen zu reden mittels so einem kleinen viereckigen Kasten ist mir äußerst zuwider. Ich schaue lieber in Augen und Gesichter.

Ich möchte in diesem Leben einmal nach Paris – ans Grab von Jim Morrison! Auf den Doors bin ich grandios hängen geblieben. Eine Band, eine Musik, die mein Leben mitgeprägt hat. Ansonsten bin ich der Mensch der leiseren Töne. Übrigens, deine Briefe sind wirklich Seelenbalsam, selbst der Briefträger ist begeistert. Ich habe ihm erklärt, das ist Post eines Künstlers! Für heute ganz liebe Grüße an Frau, Katze und den ewigen Freund. Bleibt gesund und freut euch des Lebens
  Nicole

In Dannys Antwort wurde das Briefkuvert wieder mit vielen kleinen Fotos verschönt, sodass sowohl der Fürther Briefträger als auch seine Lieblingsleserin Nicole etwas davon hatten:

Hagen, den 12.07.2012
Hallo, liebe Nicole,
liebe Freundin aus alten Tagen
  So, meine Liebe, hier kommt mal wieder eine kleine Einheit Balsam für deine Seele.
  Ich danke dir für deinen tollen Brief mit den vielen Fotos von dir. Ich bin überwältigt. Zur Musik: auch ich bin Doors-Fan, habe sie zusammen mit Jim Morrison sogar live gesehen, auf dem Isle-of-Wight-Festival im August 1970. Und 1974 besuchte ich in Paris auch das Grab von Jim Morrison. Ansonsten Stones, na klar, und von neuerer Musik mag ich Neville Brothers, Willy de Ville und Shakira.
  Ciao und alles Liebe und Gute weiterhin wünscht dir
  Danny

Nicole schrieb Danny in ihrer Chronologie noch vieles mehr und erzählte in mehreren Fortsetzungen über ihr Leben. Ihre Korrespondenz blieb jedoch ambivalent, so wie auch die Beziehung früher zwischen Danny und Nicole gewesen war: mal war Nicole Himmel-hoch-jauchzend, mal zu Tode betrübt. Bei ihnen gab es immer wieder wochen- oder monatelange Brief-Pausen, worauf wieder überraschende Post oder gar Päckchen folgten. Immerhin hatte Danny nach 37 Jahren seine ›erste Liebe‹ Nicole wieder gefunden und den Kontakt mit ihr wieder hergestellt. Das war mehr, als er vorher erwartet hatte. Ob es aber je zu einem Treffen von den beiden kommen würde, das weiß nur das Schicksal …

Epilog

… über die Regenbogenbrücke

Wir schreiben das Jahr 2013; aber das hier ist eine Zukunfts-Vision, über 30 Jahre später. 2043 war Dannys geliebte Frau Moni gestorben: sie waren einander Lebenspartner über ein halbes Jahrhundert. Wenigstens brauchte sie nicht zu leiden, als sie in seinen Armen ihren letzten Atemzug aushauchte. Trotzdem hatte Danny daran erst mal für lange Zeit zu knacken. Nun lebte er ganz allein in ihrem früheren gemeinsamen großen Haus in Hagen-Fley. Das Leben war schon seltsam geworden, denn alle alten Freunde und Bekannten von früher waren bereits tot. Er fühlte sich ziemlich einsam auf der Welt. Er begann immer noch den Tag, indem er ihn mit seinen ›5 Tibetern‹ begrüßte. Dann machte er sich ein Brötchen und trank Kaffee dazu. Später rettete er sich mit der Westfälischen Rundschau und dem darin befindlichen Kreuzworträtsel über den Morgen. Inzwischen war auch die 12 Jahre alte weiß-schwarz-braune Glückskatze Nelly wieder rein gekommen und legte sich zum Schlafen auf ihre gelbe Decke auf die Couch. Mit ihr konnte er erst später ›reden‹, wenn sie im Laufe des Tages wieder zum Fressen, Spielen oder Schnurren hervorkam. So beschäftigte sich Danny mit dem Abhören von alten Musikkassetten oder CDs, auf denen er die Rockmusik des 20. Jahrhunderts hörte. Ab und zu schaute er mal ins Internet. Oder wenn die Sonne schien, machte er seine QiGong-Übungen im Garten. Das waren alles gewohnte Tätigkeiten, die er seit Jahrzehnten durchführte. Aber alles nicht sehr spektakulär. Deshalb freute er sich auch immer wieder darauf, wenn mittags die Post kam. Er hoffte täglich auf eine Antwort seiner früheren Freundin Nicole aus Fürth, mit der er sich ja nun schon seit 30 Jahren wieder schrieb, zwar selten, aber regelmäßig, und mit der er damit ein Relikt aus seiner Jugendzeit weiterführte: die ›Leidenschaft im Briefkuvert‹.

Danny in einem seiner Briefe an Nicole, als sie das ewige Thema Liebe und Leidenschaften über Monate diskutierten:

Hagen -> Fürth, den 12. Mai 2046

Liebe Nicole,

beste Freundin aus alten Tagen, aus ganz alten Tagen,

*heute hast du mal wieder Geburtstag. Deshalb sende ich dir einen allerherz-
lichsten Glückwunsch zu deinem heutigen Ehrentag: Mannomann – Mannofrau:
90 Jahre, und noch so jung. Hier hab ich was von Joan Aiken für dich gefunden,
das passt doch so gut zur Liebe und zum Leben sowieso:*

*›Liebe, dachte ich. Was für eine höllische Last! Drängt sich in das Leben der
Menschen und zwingt sie, vor ihr um die halbe Welt zu fliehen oder ihr in Gärten
der Erinnerung Denkmäler zu setzen, die von nie endendem Schmerz künden
sollen.‹[2]*

*Mach es gut, hab dich gut, bleib, wie du bist. Und weiterhin alles Liebe und Gute
wünscht dir dein Freund Danny*

Danny merkte rasch, dass es schwierig sein würde, nach dem Tod seiner Moni
so einsam vor sich her weiter zu leben. Denn die Erinnerungen an die hellen
Tage ihrer gediegenen Mittelschicht-Existenz mit den gemeinsamen Urlauben
zu den deutschen Nordsee-Inseln, griechischen oder kanarischen Inseln, all
seine Sehnsucht konnte diese Welt nicht zurückbringen. Kinder hatte er ja eh
nicht, die ihn hätten ärgern oder erfreuen können, je nachdem, wie sie geworden wären. Dazwischen lagen mal ein Besuch im Zoo in Dortmund oder
mal ein Essen in einem griechischen Restaurant. Eitel war er ja nicht, deshalb
fielen Shopping und Friseur-Besuche für ihn aus. Es reichte ihm, wenn er in
den Spiegel schaute: »*Der Lichtschein von den Leuchten des Badezimmer-Spie-
gelschrankes war gnadenlos genug. Die Vertiefungen unter seinen Augen waren
runzlig, fast lichtdurchlässig, lila wie Blutergüsse*« ... hatte Danny letztens erst
in Stewart O‹Nan‹s Roman ›Emily, allein‹ gelesen[3].

Nun gut, Danny hatte ja noch seine eigene Schreiberei. Immer wieder raffte
er sich auf, an seinem Computer neue Ideen für Romane zu entwickeln und
Figuren auferstehen zu lassen. Aber das literarische Feuer in ihm kam ihm
nicht mehr so brennend und dringlich vor, wie es vor 30 oder 35 Jahren gewesen war, als er sich auf der Höhe seiner schriftstellerischen Schaffenskraft
befand. So bewegte er sich wie ein Portrait eines stillen Lebenskünstlers als

---

2   Joan Aiken – ›Der letzte Satz‹, Zürich 1989, S. 113

3   Stewart O‹Nan – ›Emily, allein‹, Reinbek bei Hamburg 2012

alter Mann: unspektakulär und großartig. Von daher war es immer wieder erfreulich für ihn, wenn er sich mit Nicole in ihrer Briefkorrespondenz auseinander setzen konnte.

Wieder ein paar Jahre später, im Jahre 2050, also sieben Jahre nach Monis Tod, starb seine Katze Nelly mit 19 Jahren. Danny beerdigte sie im Garten neben ihrer schwarzen Vorgängerin Lilli. Jetzt hatte er niemanden mehr, für den er zu sorgen brauchte. Da entschloss er sich, seine alte Freundin Nicole endlich zu besuchen. Sie waren inzwischen beide allein stehend, da ihre jeweiligen Partner schon vor Jahren verstorben waren. Sie kamen als Freunde wieder zusammen. Ohne Erotik und ohne Sex, einfach so, um sich im hohen Alter als 99- bzw. 94-jährige beizustehen. Danny hatte seinen Trolley-Koffer gepackt, das alte Fotoalbum aus ihrer gemeinsamen Jugend und einige Unterlagen mitgenommen, wie Briefe, Gedichte, Aufzeichnungen, die sie sich gemeinsam noch einmal anschauen wollten. Dann fuhr er mit dem Zug nach Fürth, wo er am Hauptbahnhof von Nicole abgeholt wurde. Das war ein bewegender Moment für beide, als sie sich nach 75 Jahren zum ersten Mal wiedersahen und in die Arme nehmen konnten. Die innere Begeisterung war riesig, wenn auch die Knochen, Gliedmaßen und Gelenke nicht mehr so recht Schritt halten konnten. Als sie ihre Begrüßung endlich beendet hatten, waren sie die letzten beiden auf dem Bahnsteig, so langsam waren sie. Es war nicht nur der Spätherbst 2050, es war auch im späten Spätherbst ihres Lebens. Denn ihre beiden Gesichter waren voller Falten und Runzeln. Aber sie schauten sich beide lange in ihre wachen Augen, die vor Freude glitzerten: Danny sah wieder die kleinen Sternchen in Nicoles kornblumen-blauen Augen, die ihm schon vor langer langer Zeit immer so gefallen hatten. Und Nicole vertiefte sich wieder gerne in die ruhigen Seen von Dannys graublauen Augen. Nicole hatte ihre immer noch langen, aber mittlerweile grauen Haare zu einem Zopf hinten zusammen gebunden. Danny hatte nur noch ein paar Restfusseln Haare am Hinterkopf, die allesamt weiß geworden waren. Und er hatte einige Altersflecken an den Armen und Beinen. Ihre Körper waren leicht gebeugt, aber drahtig. Denn zumindest Danny hatte sich bis ins hohe Alter in einem Fitness-Center beweglich gehalten. Dann zockelten sie los, die beiden Alten. Nicole hatte sich Dannys praktischen Day-Pack-Rucksack geschnappt und über die Schulter geworfen. Und Danny mit seinem Gehstock in der rechten Hand; und mit der Linken zog er den Trolley hinter sich her. Denn es geschah hier das, was sie schon immer früher spaßeshalber gesagt und gerätselt hatten:

»Was ist das? 4 Beine – 2 Beine – 3 Beine?«
Antwort: »Der Mensch – krabbelt mit 4 Beinen als Baby
– geht im Erwachsenen-Leben mit 2 Beinen
– und im Alter mit 3 Beinen, d.h. mit Stock als drittem Bein.«

Denn alles – auch bei den beiden – wurde immer langsamer. Zu Hause bei Nicole in der Austraße 91 packten sie aus und trugen Dannys Sachen in ein kleines, als gemütliches Gästezimmer ausgebautes Kabuff. Da war ein Bett drin und ein Tisch und ein Stuhl: mehr brauchte Danny auch gar nicht. Nicole machte erst mal einen entkoffeinierten Kaffee für sie beide. Und dann saßen sie am Küchentisch und hatten sich allerlei zu erzählen. Nicole steckte ein paar Kerzen an, als es draußen dunkler wurde. In den nächsten Tagen lasen sie hin und wieder die ›Philosophie des Glücks‹[4] von Ludwig Marcuse, darin unter anderem auch Epikur, der ein wichtiger Glücksphilosoph der Antike war, und sie diskutierten darüber. »Hör mal Danny, was hier steht: Epikur lebte von 341 v. Chr. bis 270 v. Chr. und gründete die epikureische Schule. Er beschreibt die Lust als Prinzip gelingenden Lebens. Glück ist für Epikur viel eher ein Freisein von Unlust als eine bedingungslose Hingabe an die Lust. So ist es das Hauptziel der epikureischen Glücksphilosophie, durch Schmerzvermeidung einen Zustand physischer Schmerzfreiheit zu erlangen. Dies funktioniert dabei nicht durch übermäßigen Genuss der weltlichen Güter oder Schwelgerei, sondern durch strategische Reduktion auf die notwendigsten Bedürfnisse. Epikur ist der Ansicht, dass jemand, der sich sehr hoch hinauswagt, auch sehr tief fällt, dass also extreme Lust auch immer extreme Unlust nach sich zieht. Deshalb empfiehlt er einen Weg des kleinen Glücks.« »Ja, liebe Nicole«, entgegnete Danny, »genau so fühle ich mich jetzt – mitten drin im kleinen Glück.« Immer, wenn er etwas Positives fühlte, streckte Danny automatisch seinen sonst durchs Alter gebeugten Körper. Dadurch wirkte er jünger, und er wurde auch natürlich ein paar Zentimeter größer. Nicole grinste dazu schelmisch: »Hör an, Danny, was Epikur dazu schreibt: Berühmt geworden ist der Schluss eines Briefes an seinen Freund

---

4   Ludwig Marcuse – ›Philosophie des Glücks‹, München 1962

Menoikeus: ›*Schicke mir doch einmal ein Stück kythischen Käse, damit ich, wenn ich Lust dazu habe, einmal recht schwelgen kann.*‹ *Na, das nenne ich mal* ›*Reduktion auf die notwendigsten Bedürfnisse*‹, was? Apropos, wie wäre es mit einem Stück Feta und Oliven?« »Super Idee, Nicole«, freute sich Danny, »über das Glück zu philosophieren, macht hungrig.«

Im nächsten Frühling, als die Bäume wieder grün wurden und die Vöglein zu zwitschern begannen, beschlossen sie, dass sie beide noch einmal zusammen eine Reise unternehmen wollten. Aber erst im Sommer, wenn es schön warm sein würde. Und etwas Einfaches sollte es sein, etwas, was sie früher in ihrer Jugend auch schon mal zusammen gemacht hatten. Sie wollten sich mit einem Doppel-Wanderkajak einen sanft fließenden Fluss hinunter gleiten lassen. Danny erinnerte sich an die Altmühl, auf der er 1996 mit seiner Frau Moni schon mal gepaddelt hatte. Dorthin sollte also ihre letzte Reise führen. Die Altmühl liegt ja auch nicht so weit vom ebenfalls mittelfränkischen Fürth entfernt und sie ist flach und hat kaum Strömung: ideal für ein rüstiges Greisenpaar.

Also machten sie sich im Sommer 2051 von Nicoles Wohnung in Fürth auf zur Altmühl. In Treuchtlingen mieteten sie eine preiswerte Pension, übernachteten dort und suchten nach dem Frühstück den Paddelboot-Verleih der Firma Albot auf. Diese hatten sie am Vortag entdeckt und sich nach den Preisen für die Bootsmiete erkundigt. Das Zweierkajak mit Rückholdienst für Boot und zwei Personen sollte 100,-- € kosten. Also mieteten sie gleich ein Doppel-Wanderkajak für den folgenden Tag. Bei herrlichem Sonnenschein starteten sie ihre Paddeltour in Treuchtlingen. Treffpunkt war der Bauhof am Stadtrand, wo die Bootsausgabe zwischen 09.00 und 10.00 Uhr erfolgte. Danny und Nicole begannen mit dem Verstauen ihres Gepäcks in der Transporttonne. Dann bekamen sie vom Bootsverleiher eine skizzierte Karte des Altmühl-Flussverlaufes in die Hand gedrückt und die ausdrückliche Ermahnung, dass sie die Bootsrückgabe beim Treffpunkt in Solnhofen um 15.30 Uhr einzuhalten hätten. Die Strecke von Treuchtlingen nach Solnhofen betrug etwa 16 km. Nun konnte das eigentliche Bootswandern beginnen. Zuerst paddelten sie sehr romantisch und gemächlich unter überhängenden Trauerweiden. Hinter Treuchtlingen folgten kleinere Stromschnellen, die aber für die beiden kein Problem darstellten.

Dann ließen sie sich durch Dietfurt treiben und erreichten an der Umtrage-Stelle Pappenheim den ersten Bootsrastplatz auf ihrer Strecke.

»Schau mal, Danny, da gibt es am Kiosk ›blaue Zipferl mit Musik‹, das sind so leckere kleine Würsterl«, rief Nicole erfreut.

»Ja, schön, ich hab auch schon ein bisken Hunger. Dann lass uns doch unsere Vesper gleich hier mit den fränkischen Würsterln machen.« Nicole holte für sie beide je eine Portion ›blaue Zipferl mit Musik‹, wobei ›Musik‹ für ›mit Zwiebeln‹ stand. Ansonsten sahen die kleinen Würste mit ihrer bläulichen Farbe in der Darmhülle eher unappetitlich aus. Aber Danny war angenehm überrascht: »Alles in allem schmecken die ja weitaus besser als sie aussehen – köstlich!« Gut gestärkt schafften die beiden Alten dann, ihr Boot an der Umtrage-Stelle Pappenheim wieder ins Wasser zu zerren und zu ziehen und zu schieben. Dann ging ihre Bootswanderung nach Zimmern, wobei sie an umgekippten Bäumen vorbei schipperten. Sie sahen Seerosen unterwegs im Wasser in den Uferzonen dümpeln und konnten sich beim ruhigen Dahingleiten durchs Altmühltal total entspannen. Die alten Knochen der beiden krachten und ächzten normalerweise ziemlich. Aber während ihrer Bootswanderung ging es ihnen eher besser als schlechter, so als wenn die Bewegung ihre Gelenke geölt hätte. So erreichten sie Solnhofen, bekannt durch die Solnhofener Plattenkalke, schon nach 5 ½ Stunden. Hier war sowohl ein Bootsrastplatz als auch der Treffpunkt für die Bootsrückgabe. Aber die beiden waren so glücklich und entspannt, dass sie noch gar nicht daran dachten, die Bootswanderung zu beenden. Erst recht wollten sie hier am Bootsrastplatz nicht eine Stunde rumlungern, um auf die Bootsabholung zu warten. Danny meinte: »Schau mal dahinten, die ›Zwölf Apostel‹. Wir haben ja noch eine ganze Stunde Zeit bis zur Bootsrückgabe. Komm, Nicole, diese Jurafelsen schauen wir uns noch an.«

»Na, wenn du meinst. Dann aber los. Und Ahoi!« So folgten sie der sanft fließenden Altmühl und kamen Richtung Eichstätt zu den bizarr geformten Jurafelsen der ›Zwölf Apostel‹. Dann schien es aber doch langsam aber sicher über die Kräfte des betagten Dannys zu gehen: »Ich bin müde«, erklärte der erschöpfte Danny.

»Ja gut, dann machen wir hier mal Halt für ein Päuschen«, antwortete sofort die besorgte Nicole. Sie war zwar mit 95 etwas jünger als der fast Hundert-Jährige Danny, aber auch sie fühlte die ungewohnte körperliche Anstrengung. Deshalb steuerten sie das Ufer an und banden das Wander-Kajak an einem

Strauch fest. Dann schleppten sie sich hoch ans Ufer bis zu den Felsen. Dort setzten sie sich auf eine Decke am Fuße des siebenten ›Apostels‹, mit dem Rücken an den Felsen gelehnt. Wegen eines Laubbaumes hatte es auch etwas Schatten. Erschöpft lehnten sich die beiden an den warmen Felsen, der durch die Nachmittagssonne erhitzt worden war. Sie schlossen ihre Augen. Danny fühlte sich glücklich und erschöpft. Die alte faltige Haut ihrer Glieder wurde von der Sonne aufgewärmt, deren Strahlen direkt auf sie fielen. Danny war nun mit allem zufrieden. Mehr wollte er als fast Hundertjähriger gar nicht mehr. Er dachte sich: »Das wäre jetzt ein schöner Moment zum Sterben.«

Er wollte nur noch in Frieden sterben, genau jetzt, neben Nicole. In dieser Situation fiel Danny noch das Zitat von Epikur aus dessen ›Philosophie des Glücks‹ von vor 2000 Jahren ein: »*Der Tod braucht uns nicht zu interessieren, weil er nicht ist, solange wir sind, wir aber nicht mehr sind, sobald er einmal da sein wird.*«

Die beiden hatten ja schon in den Tagen vorher in Fürth intensiv und philosophisch über das Sterben diskutiert. Danny meinte dabei: »Das Sterben gehört zum Leben. Es ist ein Teil davon. Genauso wie die Geburt.«

Nicole hatte erwidert: »Ja, auch die ist schmerzensvoll für beide Beteiligten: für die Mutter und auch fürs Baby.«

Und dann hatte Dannys Gefährtin Nicole eine Vision, und zwar genau in der zwielichten Übergangs-Phase zwischen Dannys Leben und seinem Tod. Nicole begann, diese Vision des entschwindenden Dannys auf der Innenseite ihrer Augenlider zu erfassen. Sie war tief bewegt, denn als sie genauer hinsah, bemerkte sie, dass mitten im Himmel ein menschliches Gesicht zu schweben schien. Sie erkannte es sofort. Es war das Gesicht, das ihr aus dem eigenen Spiegel vertraut war, denn es war ihr eigenes Gesicht.

»Danny denkt jetzt an mich und stellt sich mein Gesicht vor«, schoss es Nicole sofort durch den Kopf. Und tatsächlich waren Dannys Gefühle so gegenwärtig, dass es ihr fast weh tat. Und als er wiederum seine Augen schloss, war hinter seinen Lidern immer noch Nicoles Gesicht als Nachbild zu erkennen. Die Intensität seiner Gedanken ließ das Bildnis seiner Gefährtin fast wie in Wirklichkeit auferstehen. Nicole selber sah es mit eigenen Augen, dass er so stark an sie dachte, dass Danny wie durch ein Wunder ihr Gesicht in den Himmel projizieren konnte. Sie dachte: »Offenbar erfreut er sich jetzt im Angesicht

des Todes noch einmal an unseren schönen gemeinsamen Erinnerungen.«
Dabei gurgelte und gluckerte das Uferwasser der langsam dahin fließenden
Altmühl ein paar Meter vor ihnen dahin.

Nach und nach verlangsamte sich Dannys Herzschlag, und seine Reaktionen
wurden schwächer. Und als schließlich sein Tod nahe war, erzitterte das Bild
von Nicole vor seinem inneren Augenlicht. Es war, als würde seine Umgebung
allmählich verschwinden. Nur Nicoles Gesicht war scharf umrissen und blieb
im Nachhall des Todes ewig bestehen.[5]

Danny erfuhr den ewigen Kreislauf der Natur von Leben und Sterben, Kommen und Gehen, just in diesem Moment, als er über die Regenbogenbrücke ging. Wogegen Nicole alleine lebend zurück blieb. Dannys Leben endete
hier – abgerundet, eindrucksvoll und gefühlvoll. Und Nicole akzeptierte ohne
Gram, dass er an dieser magischen Stelle einen Schritt im Kreislauf des Lebens
vollbracht hatte.

---

5   in Anlehnung an Koji Suzuki – ›Birthday – the Ring 0‹, München 2006, S. 187/188

Danke für alles

Ich möchte mich bedanken bei den vielen Menschen, die tat- und ratkräftig dabei mitgeholfen haben, diesen Roman fertig zu stellen:

meiner lieben Frau Petra, die mir nicht nur den Freiraum gab, mich kreativ in meinen Romanen auszuleben, sondern mich auch beim Redigieren und Diskutieren des Manuskriptes und durch ihre EDV- und Bildbearbeitungs-Kenntnisse unterstützte.

Meiner ersten leidenschaftlichen Brieffreundin von 1969, Marion aus Leipzig, mit der ich vor über vierzig Jahren die ›Leidenschaft im Briefkuvert‹ entdeckte.

Meiner ersten Liebe von 1971, Carola aus Recklinghausen, mit der mich die Leidenschaft im richtigen Leben verband und die mich auch heute immer noch als Freund aus frühen Tagen zählt.

Meinen Klassenkameradinnen Brigitte Walfort und Doris, sodann Marion und meiner Facebook-Freundin Carola Hübner, sowie meinen Dattelner Freunden Max Burlage, Horst und Edgar Troiza, die mir die Erlaubnis gaben, ihre Fotos abzubilden.

Allen hilfreichen kommunalen Mitarbeitern/Innen aus den Einwohner-meldeämtern in Leipzig und Harthausen, in Recklinghausen, Nürnberg und Fürth, sowie den Archiven in Leipzig und Filderstadt, die allesamt freundlich, zuvorkommend und verständig waren. Sie unterstützten mich bei der Suche nach den beiden über 40 Jahre verschollenen jungen Mädchen, die meine leidenschaftliche Ost-West-Brieffreundin und meine erste Liebe waren.

Allen Teilnehmern/Innen an den inzwischen acht Lesungen, die ich in den letzten fünf Jahren gehalten habe, und natürlich auch allen Leser/Innen und Käufer/Innen meiner ersten vier Bücher ›Straßnroibas‹, ›Spätzünder, Spaßvögel & Sportskanonen‹, ›Keine Leiche, keine Kohle ...‹ und ›Der Junge, der eine Katze wurde ...‹, die mich dadurch ermunterten, fleißig weiter zu schreiben.

Bisher veröffentlichte Romane von Manfred Schloßer:

Straßnroibas, Liebe – Länder – Leidenschaften

 … ein autobiographischer Roman über Manfred Schloßers Alterego Danny Kowalski, der genauso wie er während der letzten 3 ½ Jahrzehnte durch die Kontinente gereist ist und dabei allerlei interessante und aufregende Abenteuer erlebte, die mit fremden Kulturen, der jeweiligen Zeitgeschichte, lustigen Dödelkes und prickelnder Erotik gewürzt wurden.
»Der afghanische Soldat hielt mir seine geladene Kalaschnikow gegen die Brust und herrschte mich an: »Verschwinde!«, worauf ich mich schleunigst und bereitwillig in die Wüste am östlichen Stadtrand von Herat verkrümelte …«
Dieser 2007 veröffentlichte Roman hat 408 Seiten, 17 farbige Illustrationen und ist unter der ISBN-Nr.: 9783833483677 nur im Internet zu beziehen.

Spätzünder, Spaßvögel & Sportskanonen
Vom ersten Kuss bis zur Traumfrau: meine Jugend hat spät begonnen …

… ist die Geschichte von Danny Kowalski, der auszog, das Leben und die Liebe zu lernen. Als Spaßvogel und ›Sportskanone‹ war er ein Frühstarter, aber in der Liebe ein Spätzünder. Sein zweiter Roman von 2009 hat 368 Seiten, ist unter der ISBN-Nr.: 978-3837032697 veröffentlicht und im Buchhandel oder im Internet zu beziehen.

Keine Leiche, keine Kohle …

… ist ein Ruhrgebiets-Krimi, wobei der verschwundene Tommy Gölzenleuchtner gesucht wird. Die Hagener Kripo um Bandura und Julia Finkensiep rätselt, ob er tot oder gar ermordet worden ist? Was hat der Katzenschänder Wulling damit zu tun? Oder gar der Hagener ›Rotlichtbaron‹ Meschede? Und

welche Rolle spielt dabei Tommys attraktive dänische Ehefrau Jytte?

Danny Kowalski sucht jedenfalls im Auftrage für seine Versicherung den Verschwundenen und jagt so einem Phantom durch drei Kontinente und über zwei Jahrzehnte hinterher: diese Jagd führte ihn in Städte wie San Francisco, New Orleans, Taipeh und Bangkok oder Khao Lak. **Sein dritter Roman von 2011 hat die ISBN-Nr. 978 – 3 – 8423 – 2009 – 3, ist mit 9 Farbfotos verschönt,** hat 150 Seiten und kostet 9,95 Euro.

Der Junge, der eine Katze wurde …

In diesem abgefahrenen Roman nimmt der junge Danny Kowalski Ende der 1960er Jahre in Domburg einen LSD-Trip, von dem er nicht mehr runter kommt. Die Handlung führt den Leser in einer abenteuerlichen Odyssee durch Süd-Holland, durch das Amsterdam der Hippies, durch die Wälder des Niederrheins und entlang der Flüsse und Kanäle Westfalens, in deren Verlauf Danny sich in eine Katze verwandelt. Dabei reißt sich Danny während eines klaustrophobischen Schubes die Kleidung vom Leib und

beginnt sein Leben als ›Katzen-Danny‹. Er streunt fast ein halbes Jahr nackig durch Westfalen und das Ruhrgebiet. Schließlich wird er von der Polizei aufgegriffen und es folgen Psychiatrie-Aufenthalte, wobei eine Schizophrenie bei ihm festgestellt wird.

Sein vierter Roman von 2012 hat die ISBN-Nr. 978 – 3 – 8448 – 2827 – 6, ist mit 10 Illustrationen verschönt, hat 132 Seiten und kostet 8,95 Euro.

Aus der Presse:
»Danny Kowalski wird zur Katze. Manfred Schloßers viertes Buch.
Am Roman-Ende entsteht unfreiwillige Komik, als Danny Kowalski sich mit
seinem Autor trifft und sich über sein Schicksal beschwert.«
WOCHENKURIER HAGEN, März 2012